プロローグ

王女殿下が王宮に俺を呼び出し、こう言った。

「大賢者さまの弟子の噂《うわさ》を知っておりますか？」

俺は「恐れながら」と肯定の返事をした。

同時に心のなかで、この国ともお別れかな、と考える。

イーメリア姫。テーブルを挟んで反対側のふかふかのソファに浅く座り、前のめりになっている十五歳の少女は、白髪蒼眼《はくはつそうがん》で、長い髪を後ろで束ね、それが馬の尻尾のように揺れている。くりくりと動く大きな双眸《そうぼう》が、俺を悪戯《いたずら》っぽく見つめてくる。

錬金糸製の純白のドレスに身を包み、指には各種加護が込められた指輪をはめ、首からは退魔のちからを持つ紅魔布《あかまふ》で編まれたネックレスを下げていた。全部合わせれば、ちょっとした国の国家予算レベルの装備である。

姫さまの膝に乗った黒猫が、なぁー、と鳴いた。彼女の使い魔であるという猫は、怠惰に身を丸めて、紅い双眸で、こちらをじっと見つめてくる。

ここは王宮の一角、狭い応接室の中。彼女と俺の他には、彼女の側付《そばつ》きの女性がふたりいるだけだ。

「大陸を救い、ヒトを導き、ヒトの魔法学を発達させた大賢者さまは、三人の弟子を遺《のこ》して逝去しました。いまから五年前のことです」

王女殿下の桜色の唇から、すらすらと言葉が紡がれる。大陸の多くの者が知る物語だ。

「記録にある限りでも三百年を生き、不老であったはずの大賢者さまは、己が存在し続けるが故、ヒトの発展が止まることを恐れ、自らを葬ったのだ、と多くの者たちは言います。これから先の世を支える者たちが、これから先の技術を発展させるべきだ。そう考えたと聞きます。あとは最後の弟子たちが上手《うま》く導くであろう、と考えたと言う者もいます」

俺は彼女の話に、時折、相槌《あいづち》を打った。

何故《なぜ》、俺が呼ばれたのか。表向きの理由は、俺が彼女の亡き母、つまり王妃の古い知り合いだからである。

あれはたしか、俺が十四歳から十五歳のときだから……ああ、もう二十年以上前の話だ。当時、彼女はかけだしの剣士で、俺も魔術師として半人前といったところだった。他の仲間も合わせて、五人。けっこういいチームだったと思う。

実際にチームを組んでいたのは一年ほどで、ちょっとしたことがきっかけで解散してしまった。

その彼女が、この小国で、いつの間にか王妃になっていたんだよなあ。

正直、俺の知らない間に何があったのかよくわからない。ツテがあったおかげで学院に魔術講師として雇われたわけで、そのあたりは文句も言えないのだ。

で、俺が呼ばれた裏の理由は……。

三年前に王妃が亡くなるとき、娘に何かを吹き込んだか？

「しかし、大賢者さまの最後の弟子たちもまた、師と同様、姿をくらましてしまいました。そのため現在、大陸のヒトは導く者がないまま混沌《こんとん》とした状況にあります」

三百年に亘《わた》り人々を導いてきた大賢者も、その最後の弟子たちも、いまはいない。

おかげで各国は重しを失い、同時に枷《かせ》も失い、自由に動き出そうとしている。

ある国が、隣の仲の悪い国に言いがかりをつけて侵攻した。ひどい虐殺が起こったという。

ある国では、王の圧政に民が反旗を翻し、革命が起きた。王とその一族は吊《つ》るし首にされ、貴族たちは粛清され、その国は無知蒙昧《むちもうまい》な民が好き勝手に暴れる荒れ果てた土地に成り果てたという。

この国も、周辺諸国からさまざまな圧力をかけられ、苦しい立場にあるらしい。ひとつ舵取《かじと》りを間違えば、領土を飢えた猛禽《もうきん》に食い荒らされることになるだろう、と。

「大賢者の弟子、その価値は計り知れません。本物の大賢者の弟子を探して、大国が争う程度には」

「だから偽者が出るんですよね……」

わりとあちこちで、大賢者の弟子を名乗る者は出てくる。その全員が大国に捕らえられ、たちまち偽者だと自白することとなり、処刑された。

大賢者の弟子を名乗ることには、それだけのリスクがあるのだ。にもかかわらず、次から次へと偽者が現れる。

「単刀直入にお聞きします。あなたは大賢者さまの弟子の行方をご存じなのではありませんか」

「何故、そうお考えになったのですか」

「亡くなる前の母の言葉です。以前に連絡を取ったとき、あなたは大賢者さまの最後の弟子たちを知っているようなそぶりであった、重要な手がかりのひとつではないか、と」

あんにゃろう。俺は表情を崩さぬよう努力して、首を横に振った。

「わたしはただの、協会で二級の魔術師にすぎません。どうして大賢者さまやその弟子たちと繋《つな》がりを持てるでしょうか」

「ですがあなたは、この国に滞在してたった半年で、三つも抜本的な革新をもたらしました」

やはり、そう来るか。彼女は、俺の知識を大賢者の弟子から得たものではないかと疑っているのだ。更には、そのルートで大賢者の弟子にコンタクトを取れないかと探っているのだ。

俺は失礼を承知で、ため息をついてみせる。

姫さまの横に立つ側付きの片方が、ぴくりと片眉を吊り上げた。おお、こわいこわい。

「畑に撒《ま》く肥料を改良する魔法については、各国を渡り歩いた際に手に入れた触媒のおかげです。この触媒は海の民ならば誰でも手に入れることができるものでした」

「はい、あなたの発表した特定の貝についての論文は、わたくしも興味深く読ませていただきました。いままで接点がなかった海洋国との交流が始まったのも、この論文のおかげです」

この国は周囲を大国とその緩衝国に囲まれた小国だが、学術の都として有名でもある。

特に伝統ある王立学院は、かつて大賢者も滞在したことがあると言われる知識の集積地で、大国からも多くの留学生が訪れる。

この国は、その立場を生かし、上手く立ちまわってその地位を維持してきた。

しかしそういった外交が通じるのは、大陸が平穏であってこそ。

大賢者がこの世を去り、徐々に各国がパワーゲームを始めつつある昨今、非常に難しい立場にあるという話は耳にしていた。俺にとっても、この国なら気兼ねなく研究に打ち込めるし、実験に協力的な者も多かったのだが。

できればこのまま、穏やかに研究を続けていたかった。

その研究成果によって、こうして姫さまに目をつけられてしまうのだから、世の中を渡るというのはかくも難しい。

「断熱の魔法は、学院の老朽化した施設を建て直すと聞いたものですから、ついでに隙間風が入るあの建物をなんとかしたいと考えただけです。実際のところ、魔術師が多く集まる学院のような場所でなければ、残留魔力的に逆に非効率でしょう」

「おっしゃる通り、魔法の使い手が常時発する微弱な魔力を再利用して、冬は暖かく夏は涼しい室内を保つという手法、我が国で使えるとすれば学院か、あるいは軍の兵舎くらいですね」

あ、しまった。

俺が表情を崩したことに気づいた麗しき姫さまは、にっこりと優しい笑みを浮かべた。

黒猫がひとつ鳴くと、姫さまの膝から跳んで、テーブルの上に着地する。側《そば》に控えていた女性が慌てて黒猫を抱き上げた。

うわー、でもそうか、軍って優秀な使い手が集まるんだから、そりゃ、あの断熱魔法を効率的に使えるよなあ。軍事施設に利用できるとなれば、その魔法の価値は大きく変わってくる。そこまで考えてなかった。

これは完全に俺のミスだわ。単に、自分が研究しているときに寒かったり暑かったりするのが嫌だったただけなんだけど……。

「三つ目、北を向く魔法。これがいちばん影響が大きいこと、ご存じですか？」

え？

「あれは知人の狩人《かりゅうど》に森歩きの際、便利な魔法が欲しいと言われて、彼ら用につくっただけなのですが……」

原理は、ちっとも難しくない。魔力で地磁気を感知して、人体が正確に北を向くように調節するだけであるから、大賢者さまのご用意された基礎魔法の応用で簡単に覚えられるし、魔力の消費も少ないのだ。

この魔法、魔道具にするのも簡単だ。もっといえば、別に魔法を使わなくても磁気を利用して方位磁針はつくれるのだが……そのへんの技術は別のところに関わってくるからなあ。

「軍の方から、この魔法は秘匿技術に指定するべき、との要請がありました」

「原理が簡単すぎて、すぐ真似《まね》されますよ。というか、どこかの国でとっくにつくられている可能性もあります」

「たしかに、かなり難易度の高い魔法としては存在するそうです。ですがあなたのつくった魔法は、大幅に手間を省き、簡単で使いやすいものであると報告を受けました」

そりゃ、知人の狩人が初歩の魔法しか使えないヤツだったからねえ。あいつでも使える魔法を開発する必要があった、というだけなのだ。

そうなると、ついでとばかりに学院で発表したのは失敗だったか。

知人が使っているうちに勝手に広まる気もするし、そうなった場合の方が問題になった気もするけど。

「軍では毎年、森の行軍訓練があり、そこで多くの脱落者が出ます。先日の行軍訓練では、この脱落者が大幅に減少した、それもこれも、北を向く魔法のおかげであった、とのことです。また、地図に不正確な点を発見したため、この魔法を用いて正確な測量を行う必要がある、との報告もありました」

あーそうか、地図か。盲点だった。

このひとたち、自由に空を飛べないんだもんな。そりゃ、正確な地図は欲しいし、その地図を秘匿する意味も出てくる。

「わたくしは、あなたの知識と知恵の源が知りたいのです」

「全部、一介の魔術講師であるわたしの研究の成果ですが……」

「無論、対外的にはそういうことになりましょう。わたくしも、そうであればと思っております。ですが、重ねてお聞きいたします。学院の魔術講師にこれほどの知を持つ者がいると、わたくしは信じてよろしいのでしょうか」

ありていにいえば、大賢者の弟子から聞いたオリジナルの魔法を研究成果として提出しているのではないか、と疑っているのか。

パクっているのではないか、と。

論点がわかった。つまりは、彼らが欲しているのは大賢者の弟子ではない。

大賢者が姿を消したのは、自らが存在することですべての者が大賢者の導きを期待するようになってしまったためだ。自らが消えることで、大陸の皆が自分たちの頭で考え、技術を発展させる時代が来ると、そう期待してのことだと、世間ではまことしやかに囁《ささや》かれている。

ヒトに文明をもたらした大賢者。その偉大な存在が亡きいま、俺にその技術の発展の一翼を担う力量があるのかと、彼女はそう言っているのだ。

「わたしは、自分の研究にそこまでの価値があるとは思っていませんでした。自分のやりたいことをしただけです」

「大賢者さまが現れる前は、研究とはそのようなものであった、という話です。しかし、大賢者さまがあらゆる分野に知恵を出した結果、大賢者さまの言葉を正確に模倣することこそ研究と呼ばれるようになってしまいました」

「耳にしたことがあります」

「王立学院では、そのような原初のありようを取り戻したいと願っております。実は、大賢者さまがこの学院に一時期滞在していたのも、そのようなありようを求める想《おも》いが我が国と大賢者さまの間で一致したから、と推測する文献が残っているのです」

「いまのお話を聞けば、そうでありましょう、と納得できます」

ヒトを未来に導く者が、たったひとりであるというのはいびつすぎる。大賢者は、かつてそう語ったと記録されている。

大賢者は、生前さまざまな努力をし、その試みのすべてが頓挫した。

その名があまりにも偉大すぎて、その功績があまりにも大きすぎたのである。

かの御仁の、いちばんの失敗だった。

結局のところ、大賢者は己の存在を消すことでしか、ヒトの未来を生み出すことはできないと悟った。己が消えたことによる数多《あまた》の混乱も、多くの犠牲も、そのすべてを呑《の》み込んで未来の道を築いていくしかないのだと。

だからといって、混乱と犠牲を前にいまを生きる者たちが手をこまねいているわけにもいかない。よりよい未来をつくり出すために、個人でもやれることがある。

「わたくしは、あなたにそのさきがけのひとりとなっていただきたいのです」

だから、と彼女は言う。側付きから小箱を受けとり、俺の前に差し出す。

「これを、あなたに」

「開けてもよろしいでしょうか」

「もちろんです」

小箱の中に入っていたのは、学院の紋章が描かれた真銀製の指輪だった。

「名誉魔術講師の証《あか》しです。一級魔術師と同様の扱いになり、王宮の書庫に立ち入る権利もあります」

「これほどのものを、わたしに、ですか」

「あなたを王立学院に繋ぎ止めるためには、相応のものが必要である、と判断いたしました」

自分などには過分なものだ。俺は深く頭を下げた。

ほっとする。この国を出ていかなくて済んだのは、助かることだった。

「ついでに、と申しますか……こちらがわたくしにとっての本題なのですが、若き日の母のこと、お聞かせ願えませんか」

「もちろんです」

俺は、当たり障りのない範囲で、昔話をした。可憐《かれん》な姫さまは、目を輝かせて俺の話を聞いていた。黒猫は部屋の隅で丸くなって眠ってしまった。

夕日が沈む前に、王宮を辞する。イーメリア姫は、「これからも、自由に研究してください。ヒトの未来をつくるのは、あなた方なのです」とおっしゃった。


夜、寮の自室で、琥珀《こはく》色の蒸留酒が入ったグラスを片手に指輪を眺める。

いまの扱いに不満などなかった。これで充分であると、思っていた。

過分な扱いである、というのは紛れもない本心だ。

実際のところ、俺が欲しいものは、好きに生きることができるというこの自由な空気そのものだったのだから。

それが欲しくて、五年前、姿を消した。

本来ならば、大賢者の弟子として人々を導くべきであったのに。

そう、俺こそが、大賢者の弟子として名乗りをあげるべき存在のひとりなのだ。

ちなみに、他の弟子を名乗るべき者たちまでもが行方をくらませた理由は知らない。

その方が、よりよくヒトを導けると判断したからだろうか。

俺のように、不真面目に生きることを選んだわけではあるまい。

師のように、ヒトの期待に応えて生きることは、俺にはできない。とはいえ……。

「ときどきはヒトのためになるような研究をするのもいいか」

ぽつりと、呟《つぶや》く。気まぐれに、次の研究のアイデアを考えた。

うん、臭いに関する研究なんて面白いかもしれない。きっとこれは、ヒトの役には立たないから。

後日、この臭いを自由に出す魔法により狩猟ギルドから表彰され、更なる栄誉を賜ることになるのを、このときの俺は知らない。

特定の臭いを使って一部の森の生き物を操れるようになるなんて、そのときは全然知らなかったんだって！

大賢者の弟子の日常講義　その一

俺は学院の第十一小講義室の教壇に立って、生徒を見下ろした。

そう、生徒たち、ではない。生徒ひとりである。

俺の講義を受けに来たのは、この生徒だけだったのだ。これが魔術講師としての俺の限界なのだろう。おお、悲しいね、よよよ……。

まあ、学生の講義登録期限が過ぎてから募集を開始した俺が悪い。ぼんやりしていたら期限が過ぎていたのである。

「先生、何をひとり芝居しているんですか？　あの、やっぱり、わたしなんかに講義するの、嫌ですか……？」

生徒が悲しそうに顔を歪《ゆが》める。俺は慌てて、彼女の言葉を否定した。

「クルンカ、きみを生徒として迎え入れることを決めたのは俺だ。そこは自信を持っていい」

目の前の少女に、毅然《きぜん》としてそう告げる。

金髪碧眼《きんぱつへきがん》の、十二歳の少女である。いまは制服を着て、木製の椅子に座り、すっと背筋を伸ばしていた。姿勢のよさだけなら学院でも一、二を争う気がする。伊達《だて》に軍人の家で育った子ではない。

少女は、「よかったです」と花が咲いたような笑顔になった。

「殿下から、先生のたったひとりの生徒になるように、って言われたとき、ちょっと不安でした。優しい先生でほっとしました！」

「ああ、うん、さすがに魔術講師として雇われている以上、手続きのミスとはいえ生徒なしというのはどうかって教授会に怒られてね……。イーメリア殿下にお願いしたら、きみを紹介されたんだ。実に興味深いと思って、即決した」

「興味深い、ですか……」

「うん。あー、そう言われるのは嫌か？」

「少し複雑、ですね……。これ、のことですよね」

クルンカは己の身体《からだ》に魔力を流した。彼女の身体が、ピカピカと光り輝く。

「わたし、魔法を使おうとすると、こうなっちゃうんです。だから家業は諦めろ、って言われて……。学院に入学したのも、別の道を探さなきゃいけないからなんです」

極めて少ないものの過去にもいくつか同様の事例が存在する、光属性と相性がよすぎるが故の過魔力伝導体質である。

「でも、おかげで殿下に目をかけてもらえて、こうして先生に出会うことができました！」

少女は元気に、そう告げる。うん、前向きなのはいいことだ。

「あいにくと、きみのその体質については、俺も詳しいことはわからない。あまり期待はしないでくれ。魔法については、まだわからないことだらけなんだ」

「はい。……あの、魔法って、わたしたちにとって身近なものですよね。それなのに、わからないんですか？」

「いまの汎用魔法体系、いわゆる大賢者さまのご用意された基礎魔法は、大賢者さまが三百年前に整理したものからあまり進歩していないからね。魔術師たちはそれをもとに、自分なりにカスタマイズして、自分だけの術にした。だけどそれは、一部の者たちだけに与えられた特殊な技術にすぎない。一般のひとたちが使えるような魔法というのは、これまであまり顧みられてこなかった。何故だか、わかるかい？」

「えーと、魔術師さんというのは、魔法の専門家で……下々のひとたちが使えるものをつくっても、まわりから褒められないからですか」

「だいたい正解だ。汎用化なら、大賢者さまが初期にだいたいやってくれたからね。そこを掘り下げることは、大賢者さまへの不敬に当たる、という考え方も強かった」

そう言うと、クルンカは目を丸くする。

「不敬、って……じゃあこの学院、不敬の塊じゃないですか！」

すごいぞ、この子。この学院の意義を一発で見抜いた。

「そうだ、この学院は、それをするために生まれた。大賢者さまもそれを喜んで、いくつか助言をしたという。でもね、いま各国から、この学院は、まさにその不敬に当たる、という部分で非難されている」

「あ、それは少し知ってます。でも、うちの親は、それってこの学院がいろいろ先進的なことをしていることに対する嫉妬だって言ってました」

「嫉妬……まあ、それとあとは、この学院の研究内容が他国にとって邪魔だから、といったところだね。ちょっとした発明のひとつで、農作物の収穫高が倍増しちゃったりするから……」

「ああ、それは邪魔ですね……。軍が最近、ものものしい雰囲気なのもそれなんですね」

軍人の娘さんだと、そういうところに敏感か。

彼女の場合、親族の大半が軍人で、何人かは高い地位についているらしいからなあ。

そんな家系だから、軍に進めない子というのは、ちょっと居心地が悪い……らしい。

正直、身体がピカピカ光るくらいなら使いようだと思うのだが、どこの国も軍というのは頭が固いものである。難しいね。

ちなみに、正規の軍人が魔法を使わない、という選択はない。いまの時代、初歩の肉体強化魔法を使えなくては兵卒として使い物にならないからだ。

魔力量がある程度遺伝する、という事情もあって、近年、軍人の家系、というのは各国で貴族よりも重要視されている。

「不敬ついでに、歴史の話をしようか」

そう言うと、クルンカはまたピンと背筋を伸ばす。やっぱり、途中まで軍人にするべく育てられただけあって、姿勢がいいんだよなあ。

「そもそもは、三百年前に遡る。大賢者さまがヒトを教え導く、その前のことはどれだけ知っているかな？」

「ええと、ヒトは森の中に隠れ住んでいた、という話くらいは……」

「うん、その通りだ。大賢者さまが表舞台に立つ以前のヒトは、大陸の片隅で震えて生きる、弱い生き物の群れにすぎなかった。彼らが蓄えていた知識もちからもごくわずかで、大型の魔物からは逃げる他なかったと言われている。そんなか弱い命を哀れに思った大賢者さまは、彼らに知識を与えた。ヒトは大賢者さまから得たものを用いて、己の活動圏を広げていった」

ヒトは木々を伐採し、燃やして炭をつくった。

鉄を溶かして武器とした。

魔法の火球で、ヒトを奴隷とする鬼たちを焼き尽くした。

巨人を狩り、大蜘蛛《おおぐも》を狩り、竜を狩った。

羊皮紙に文字を記録するようになった。

数の学問を発展させ、測量し、正確な地図をつくった。

山に穴を開けて、遠くまで石畳の道を敷いた。

生き物を飼い慣らし、馬車を牽《ひ》かせて遠くまでものを届けることができるようになった。

「そうして、少しずつ少しずつ、ヒトは大陸のあちこちに散らばっていった。大賢者さまに導かれるまま、ね」

「あの……先生は、それをよくないことって思ってます？」

「いや、大賢者さまに導かれなければ、ヒトはきっとここまでたどり着けなかっただろう。当然、いまの俺もいなかった。クルンカ、きみもいなかったに違いない」

「はい」

「でも、これから先は違う。我々は、大賢者さまの教えを超えて、前に踏み出す必要がある。大研究者時代だ」

「大研究者時代……」

「この学院は、そのためにあると俺は思う」

「先生、すごいです。そんなお話、初めて聞きました！」

「うん、だからこそ、なんだけど。この話は余所《よそ》ではしないように」

「え？」

「不敬、だからね。まだまだ、大賢者さまを絶対視する人は多い。迂闊《うかつ》なことを言えば、きみの立場も悪くなる」

「そんな……」

「ああ、きみを送り込んだ姫さまに話すのはいいよ。この国の王族は、そこまでわかったうえで学院をつくり、投資し続けているわけだから。でも、そんなあの方々でも、表だって『大賢者さまを超える』とは言えない。それが、いまの大陸の現状なんだ」

送り込んだ、と言われて、クルンカはびくっと肩を震わせた。

まあ、うん、彼女が俺を見張るための姫さまの駒のひとつなのは自明なのだ。

だからといって、それが悪いとも思わないし、クルンカにも姫さまにも思うところは特にない。

俺のこの考え方は、むしろ姫さまによく知って欲しいと思っている。

何故ならば。

それが、我が師の……大賢者の願いだからだ。

ヒトが己のちからで立ち上がり、大賢者の屍《しかばね》を踏み越えて先に進むことこそ、あの方が望んだことなのだから。

俺もまた、あの方の弟子として、そのことを伝えなければならない。

まずはその最初のひとりとして、目の前の少女に。

「そういうわけだから、これからもよろしく頼むよ、クルンカ」

「はい、先生！」

元気よく返事をして、少女はピカピカ輝いた。

あー、ちょっと気合いが入ったせいで魔力が流れたのかな？　こりゃたしかに、ときに隠密《おんみつ》行動が必要になる軍人は無理かもなあ。

第一話　大賢者の弟子と小国の姫君

麗しきイーメリア王女殿下、御年十五歳。賢王と名高い現王の三人の娘のうち、三年前に亡くなった前王妃が産んだ、たったひとりの女子である。

ちなみにこの前王妃、男子は三人産んでいて、そのうちの長男が王太子だ。

王妃の死後、後妻となった現王妃は女子ばかりふたりを産んでいて、そのあたりでいろいろ宮廷のもめごとがあったりするらしいが、俺の知ったことではない。

更に側室三人の子どもが合計七人。この国の未来はおおむね安泰であろう。

お家騒動とかなければね。

頼むから、俺をそういうのに巻き込まないで欲しいと願っている。

で、その王女殿下にお呼ばれして、俺はまた王宮に来ている。先日と同じ応接室で、テーブルを挟んで向かい合い、異国の茶の香りを楽しんでいた。

姫さまの使い魔の黒猫は、少し離れた椅子の上のクッションで丸まり、すやすやと眠っている。

「この青いお茶の匂いは独特ですね。気持ちがすっと落ち着きます」

などと言いながら、姫さまはカップを口に近づけ、ひと口飲む。俺も真似《まね》して、カップの中の液体を口に含んだ。うーん、これって夏に飲むと、ひんやりしていいのかなあ、などと考える。

「変わった香りですね」

「東方の沿岸部で栽培されているものだそうです。あなたは、こういったものも研究されるのですか？」

「いまのところそのつもりはありませんが、知識はあって損がないですから」

姫さまは口もとに手を当てて、くすくす笑った。

「まったくその通りです。知識は、いくらあっても損がありません」

ところで、と王女殿下が背筋を伸ばす。

「先日、あなたが発表した、自由に臭いを発する魔法、実に興味深かったです。いま後宮では、王妃と側室たちが、かぐわしい香りをいかにして身にまとうかで争っているのですよ」

臭いの魔法って、あれかー。たしかにつくったのは俺だけど……。

「一気に広まりすぎじゃありませんか」

「需要と供給、ですね。習得料だけで、たいした額になったかと」

たしかに、それはね。他国はともかく、この国では、この国で登録された魔法に関して十年間は習得料の支払いを義務づけているのだ。

すでに習得している者からこっそり習って習得料を払わない人もいるけど、でも公の立場のひとなら、そんな恥ずかしい真似はできない。

故に、こうして貴族たちの間に魔法が広まると、けっこうな魔法習得料が開発者である俺の懐に入ってくる。

正直たいした魔法じゃないと思っていたから、魔法習得に伴う技術料も安く設定しちゃったんだけどね。

そうじゃないと、知人の狩人《かりゅうど》とかが覚えられないし。

臭いの魔法、その本来の目的は、狩人が獲物を追跡する際、己の臭いをごまかすことにあるのだから。

あとまあ、ついでにトイレの消臭とかにも使えないかな？　とか色気が出て、いろいろ拡張してしまった結果、妙に汎用性の高いものが出来上がってしまったのである。

研究に夢中になっていると、よくあることだ。仕方ないことなのだ、うん。

「もちろん、あなたがお題目として唱えていた、トイレの芳香としても使われておりますよ。側付《そばつ》きたちから優先的に、覚えさせさせました」

ちらり、と姫さまはソファのそばに立つふたりの女性を見やる。彼女たちが、恭しく頭を下げた。

さっき思わず姫さまにツッコミを入れたとき、睨《にら》まれなかったのは、どうやら俺が開発した魔法を彼女たちも習得したことで、なんか敬意が芽生えたとかなんだろうか。

いや、もうそれ以前に、王宮に招かれたときのまわりの態度が下にも置かない感じだったんだけど……何なんだろうね、これ。

「ですが、こういった魔法については事前にひとこと相談をいただきたかった、と軍部の方からお話が来ております」

「えぇぇぇ？」

思わず、へんな声が出てしまった。

軍部？　それこそ何で？

「斥候《せっこう》が、探知魔法の対策として強い興味を示しているとのこと。探知魔法の一部は生物から発せられる臭いを利用しているとかで……このあたりはわたくしも初めて知ったのですが」

「ああ、そういえばそんな探知魔法もありましたね……。冒険者だとエコーロケーションの魔法の方が一般的なので忘れてました」

このあたりは、探知魔法のレンジの問題もある。

エコーロケーションはヒトの耳では聞こえない超音波を放ち、洞窟の壁などに反射したその音を聞き分けて周囲を探知する手法だ。

洞窟や市街地など狭い場所では有効だが、広い場所では使い勝手が悪い。逆に臭いは風に乗って遠くまで届くから、軍とかだとこちらを利用することが多かったりするのである。

狩猟ギルドが臭いの魔法を喜んだのも、野生の生き物の多くが臭いで相手を認識する、という習性があるからだ。狩人たちが、こぞってこの魔法を習得しようとしているという話は聞いている。

特定の臭いで相手を誤認させる、というのは森の一部の生き物が使う処世術らしい。同時に、臭いを用いて会話に似たコミュニケーションを取る、ともいう。

「わたくしも習得いたしましたが、狙った臭いを出すのがなかなか難しいですね。コツがあれば、教えていただきたいです」

「そのあたりは、正直、わたしよりも狩猟ギルドの方がノウハウを持っているみたいです。彼らはあっという間に、特定の生き物が発する臭いについて解析していましたから」

「森の生き物の臭いを真似するのでしたね。報告が上がっています。ある種の生き物であれば自在に操れるようになるとか。実に興味深い」

口もとに手を当て、考え込むお姫さま。なかなか絵になっている。

ちなみに彼女、王立学院に十歳で入学して、十四歳の去年、卒業している。平均的な貴族の在学期間は五年だから、一年短くすべての単位を取得しているので、これはそうとうに優秀と言えた。

賢女、才女という噂《うわさ》は俺の研究室にも届いているのだ。学院の中で顔を合わせたことはなかったけども。

実際にこうして話をしていても、よく頭がまわるというのは本当なのだと理解できる。あの、どちらかというと猪突猛進《ちょとつもうしん》を絵に描いたような剣士の娘がねえ。

少し感慨深いものがある。いや、余計なところまで理解してしまわないか、俺としては不安で仕方がないのだが……。

「軍事や狩猟といったことへの応用はともかくとして、生活に即した魔法を生み出すあなたの才覚、得難いものだと感じております」

「過分なお言葉です。わたしはただ、興味を持ったものを研究しただけなのです」

「その着眼点が素晴らしい、ということですよ」

うーん、そうなんだろうか。正直、この程度の魔法であればすでに誰かが開発していてもおかしくない。

ただ、それをしっかり体系化し、簡略化し、広めていないだけで。

ちなみに臭い魔法については、さまざまな臭いに対応することを目指した結果、主要な臭いの成分をモジュール化し、組み合わせることでオリジナルの臭いを出すことを可能にしていた。

この臭いモジュールについては術式の拡張部分で独自のモジュールを開発することも推奨していて、狩猟ギルドの方では森の生き物を参考にレパートリーの増加を試みているとのこと。

すでに、魔法そのものが俺の手を離れて勝手に増殖するような事態となっている。

ある程度は意図したこととはいえ、その功績まで俺のものになるのは少々気持ちが悪い。だって俺自身は、そこまでたくさんの臭いを使い分けられないのだから。

故に、アドバイスを求められても困るのだ。開発者が使用者としても優秀とは限らないということ、皆さまよく理解して欲しいものである。

そういったことを、丁寧な言葉で説明する。姫さまは、心から面白そうな表情で俺の話を聞いてくれた。

「研究者という人々の心持ちがようやく少しわかった気がします。あなた方は、ひょっとするとただ興味があるというだけで、この大陸を破壊する魔法、といったものも開発してしまうのですね」

「そこまでのものであればさすがに自重すると思いますが……いや、するかな？　しないかも。

……冗談ですって、しない……はず、ですよ？」

側付きのふたりがめちゃくちゃ睨んできたので、言葉を濁す。ごめん、なんか本当にやりそうな顔がいくつか思い浮かんでしまったのですよ……。

いや、でもあいつらも、さすがにそれを世界中に広める、とかはしなさそうだし。

ただこっそり開発して、自分だけのものとして秘匿するだけだと思うから許して欲しい。

駄目かなあ？

駄目かもなあ。


今度は蜂蜜をたっぷり入れた渋茶を、時間をかけて楽しむ。

姫さまは今日も高原に咲く花のように優雅に笑い、話題を変えた。

「あなたが大賢者の弟子と繋《つな》がりがあるのではないか、と疑う者がいます。故に、数々の研究成果を得たのではないかと。無論、わたくしはそのようなこと、根も葉もない噂であると存じております。ただの妬みでありましょう」

澄み渡った青空を思わせる瞳で、まっすぐに俺を見つめてくる。ははは……こりゃ、下手な返事はできないぞ。

黒猫が目を覚まして、紅《あか》い双眸《そうぼう》でじっとこちらを見ていた。

「妬み、ですか」

「一介の魔術講師でありながら、抜きん出た才覚でもって頭角を現したあなたは、いまや時の人。その成功を羨む者もいれば、妬む者もおりましょう」

「大賢者さまが危惧したのは、発明や発見はすべて大賢者がするもの、と当然のように思われていた状況そのものでしょう？　その対象が大賢者の弟子に変わったところで、何の意味もないのではありませんか」

「残念なことです。学院は、そういった状況を打破するためにこそ生まれたというのに。大賢者さまがお隠れになって五年、未《いま》だヒトの意識は旧来のまま。雛《ひな》が口を開けて餌をねだるがごとく、知識が天から降ってくるものと思っている。まことに不甲斐《ふがい》なきこと、わたくしもひとりの学徒として忸怩《じくじ》たるものがあります」

口では忸怩たるものがある、と言いながら、姫さまは微笑《ほほえ》む。

実際のところ、ここ数年で学院が発表した数々の論文によって、この国はだいぶ潤っているという。

そのせいで一部の国は、この国に厳しい目を向けているらしいけど。きっと上の方では日々、丁々発止《ちょうちょうはっし》のやりとりがされているのだろう。

「それにしても、あなたは大賢者さまのご意思を、よく理解しておられるのですね。大賢者さまか、その弟子にお会いになったことがあるのですか」

一部の貴族は、魔法を使わず、心を読むという。ただの技術で、だ。

心を読む魔法への対策はできても、技術への対策は難しい。

ちょっとした目の動き、顔の筋肉の動き、仕草、そうしたものを完全に制御することは非常に困難なのである。

いま彼女は、それを俺に仕掛けている。

加えて、使い魔の黒猫を通して確認しているのは、俺の心音か、それとも臭いか。ヒトは嘘《うそ》をつくと心拍数が上がるし、微量の汗をかく。

それらを総合して、判断しているのだろう。

本当か、嘘か。

おそらくは、ただそれがわかるだけの技術だ。

この若さでそれを使いこなすというなら、賢女、才女という彼女の呼び名すら、その才を鑑みれば控え目なものと言えるのではないか。

「大賢者さまの著作はいくつも読みました。そのおかげでしょう。ですがわたし自身は、お会いしたことがございません」

じっと、姫さまと見つめ合う。吸い込まれそうなその瞳の奥を、覗《のぞ》き込む。

こちらの心もまた、覗き込まれている感覚がある。それは長い時間に思えたが、おそらくは呼吸ひとつ、ふたつの間にすぎなかっただろう。

やがて、王女はゆっくりと、ひとつうなずく。

「大賢者さまの著作だけであの方のお考えを深く理解できたあなただからこそ、あれだけの画期的な魔法をつくれたのでしょうね」

黒猫が、飽きたようにひとつ鳴き、また椅子の上で丸くなって目を閉じる。

それから、いくつか和やかに話をした。少しだけ、彼女の母の話もした。昼過ぎに赴いたというのに、王宮を辞するときには、また日が落ちかけていた。

寮の自分の部屋に戻った俺は、部屋にかけた対探知の魔法の他、ひととおりの魔法トラップが出かけたときと変わっていないことを確認する。

大きくため息をつく。

「まさか、技術と使い魔の組み合わせで心を読むなんてなあ。念のため、用意しておいてよかった」

俺は首飾りを外す。いま鏡を覗いていれば、きっと俺の顔が一瞬だけブレたように見えただろう。

本物そっくりの偽物の顔から、本来の顔に戻ったのだ。

幻術の魔法を常時発動する魔道具で、周囲には気づかれないほど微弱な魔力しか使用しないかわりに、ごくごくちいさな変化しか生み出すことができない。

そう、己の表情を変化させる程度の幻術でしかない。本来とは違う表情を生み出す程度の意味しかない、ほとんど無意味な魔道具である。

万が一に備えて先日開発し、身に着けておいたのだ。王女殿下の前でへんな表情をして、失礼がないようにと。

それがまさか、こんなことになるとは。

加えて、臭いの魔法を使い普段の臭いをごまかしておいたのも功を奏したのかもしれない。心音については自信がないが……まあ、向こうが組み合わせで真贋《しんがん》を見抜く算段なら、すべてをごまかす必要もない。

「用心というのは、いくらしてもしすぎることはないな」

ベッドに横になる。ああ、疲れた、本当に今日は疲れた。

目を瞑《つぶ》る。たちまち睡魔に襲われ、闇に吸い込まれるように眠りに落ちかけ……しかし。

「いや、待てよ。この魔道具をもう少しいじれば、残留魔力を効率的に使うことができるようになるんじゃないか？」

がばっと起き上がる。

「平均的な魔術師が常時発する魔力量は……体内と体外の魔力の相互作用によって……」

頭が、高速で動き出す。たちまち眠気は吹き飛び、夢中になって演算を繰り返す。

次に気づいたときには、夜が明けていた。空腹でぶっ倒れそうだった。

「いかん、姫さまから土産に貰《もら》った焼き菓子でも食べるか」

貪るように焼き菓子を口に突っ込む。蜂蜜の甘さが、脳を活性化させてくれた。

さて、もうひと頑張りするか。結局、その日は夕方までぶっつづけで開発を続けた後、気絶するように寝た。

本当に、毎日が楽しい。こんな日々を、絶対に逃してはならないと心から誓う。

◇※◇

何の自慢にもならないが、俺は自分の歳《とし》を正確には覚えていない。

興味がないからである。そんな労力はすべて、もっと有意義なことに費やしたい主義である。たぶん三十六か、七か、八だろう。

魔術師協会の記録を見れば一発なのだが、まあ別にそんなことをしてもなあ。

十四歳で協会の三級魔術師に登録され、冒険者として数年暮らし、その後、とある人物の弟子となった。その人物が世間で大賢者と呼ばれる偉大な存在であると知ったのは、弟子となってからしばらく経《た》った後である。

我ながら、間抜けなことだ。

だってあのひと、偉ぶったりしないし、自分のことを語らないタイプだったから……。俺も、師としては尊敬していたけど、まあうん、それ以外のことは、いろいろとね……。

そんなわけで、俺はいつの間にか、大賢者の弟子のひとりとなった。そして我が師は、五年前にお隠れになった。

以来。大陸中が、集団ヒステリーを起こしたような大騒ぎとなって、その騒ぎは未だに収まっていない。

王立学院は、王都のそばに建てられた、それ自体がひとつの都市とも言うべき存在だ。王都と違い城塞はないが、深い堀に囲まれ、有事には中の水が壁のようにせり上がって敵の侵入を防ぐという。

実際にその様子を見たことはない。見たいと思ったこともないけど。

戦争に巻き込まれたくなんかない。侵略される側の悲惨さなんてものは、冒険者時代にさんざん見てきたのだから。

大賢者が大陸に数々の発明をもたらし人々を豊かにしたといっても、未だ貧富の差は大きく、明日の食べ物もなく腹を空《す》かせている者たちは多い。中には、ひと冬をしのぐのに必要な食料を求めて他国へ略奪に行く軍すら存在する。

この国の周辺も、近年、きなくさい話で満ちていた。本当に、勘弁して欲しい。

俺は学院の中で、ぬくぬくと魔術講師兼研究者としての日常を謳歌《おうか》できれば、それでいいのだ。

あとはまあ、たまの気晴らしに酒場に繰り出してみるとか。

そう、今日のように。

学院内には十数軒の酒場があり、学生向け、教員向け、貴族向け、ちょっといいお酒を置いてある店、料理が美味《うま》い店……と目的に応じてそれらは使い分けられている。

先日まで学生向けの安い酒場で安い酒をあおっていた俺だが、魔法の習得料でひと儲《もう》けしたいま、店もちょっとお高いところにグレードアップしていた。

いや、別に貯金はあるし、最上級の貴族向けの店にも行けるっちゃ行けるんだが、そんな居心地が悪いところで酒を呑《の》む気がしない、というのが本音である。

別に豪遊したり散財したりして憂さを晴らす趣味はないのだ。ストレスが溜《た》まったら研究すればいい。

研究こそが最高のストレス解消の手段だ。

みたいなことを以前、同じ魔術講師の立場の人物に語ったらドン引きされたんだけど、何でだろうね？

かくもヒトの世は難しい。

俺はこんなにも常識人なのに。周囲が俺の常識についてこないのである。

閑話休題。

その日の夕方、俺は最近馴染《なじ》みの店のカウンターで錬金ガラス製の杯を傾けていた。琥珀《こはく》色の蒸留酒が口の中を流れ、喉の奥がカァッと焼けるように熱くなる。

これだよ、これ。この度数の高い酒がいいんだ。

酒造りの魔法は学院でも特に研究が進んでいる分野だ。酒好きの研究者どもが、日々、己の人生をかけて発酵や蒸留についての研究を進めている。

その過程で日持ちのする発酵食品が生まれたり、新しい薬がつくられたりと副産物も多々あり、学院における主要研究分野のひとつとなっていた。酒好きたちの熱意について、偉大なる前王陛下は「度し難い馬鹿どもだが、馬鹿を上手《うま》く利用してこそ王の道よ」と言ったとか言わなかったとか。

学院の主要出資者は王家だから、それくらいは言ってもいい気がする。まあ、そういった経緯もあって、学院の酒場では時代の最先端である蒸留酒が呑めるというわけだ。

で、気分よくカウンターに座りひとりでちびちび酒を呑んでいたところ、横に座る者がいた。

こんな場所には不釣り合いな、小柄な女性である。

というか、ぱっと見ただけでは子どもに見えるほど身の丈が低い。彼女が白衣をまとっていて、右手に魔術講師の証《あか》しである赤い宝石のはまった腕輪をしていなければ、とっくにつまみ出されていたに違いない。

この腕輪、別に装着は義務じゃないんだよな。彼女の場合、これをしていないとガチで学生か見学者か何かと見間違われてしまうからつけているだけで。

「ミルクでもおごろうか、エリザ女史」

「人の容姿を皮肉るのは、あまり趣味がいいとは言えないね、きみ」

「悪かった、謝罪しよう。お詫《わ》びに、これと同じ琥珀酒をおごろうじゃないか」

バーテンダーに指示を出して、俺が呑んでいるのと同じ酒を用意してもらう。

エリザ女史はガラスの杯に入ったそれを受けとって、くいっ、と一気に呷《あお》り――ゲホゲホとむせた。

そりゃそうだろ。

「この酒は一気に呑むもんじゃないぞ……わからないなら見栄《みえ》を張らんで素直に聞いてくれ……」

「うるさいうるさいうるさーい！」

「酒場では静かに、な」

「わ、わかってるわ！」

涙目になって、うーっ、とこちらを睨んでくる。びっくりするだろ、こいつこれで二十六歳の助教授なんだぜ。

いや、二十五だったかも。二十七の可能性もあるな……まあ、彼女の年齢なんてどうでもいいか。

「きみ、いま何かロクでもないことを考えなかったかね」

「女史、他の酒を頼もうか？　ああ、こっちのベリーの酢漬けは酒に合うぞ、食べるか？」

「あまりにも露骨なごまかしに、びっくりするよ。まるで研究にすべての情熱を注ぎ込むあまり、

他者との対話には相応の熱意も経験も得ることがなかったかのようだ」

「それは、この学院の奴《やつ》らの大半では？」

「ごもっとも。うちの教授も含めて、世捨て人のような者が多くて困ってしまうよ」

女史は、今度はグラスをそっと傾け、少しだけ口に含み、口の中で転がした後、ゆっくりと喉を通らせる。

桜色の唇から、ほう、と熱い吐息が漏れる。まるで子どもがままごとをしているような……いや、これ以上の論評はやめておこう。

「何か、わたしの顔についているかね？」

「贈り物を愉《たの》しんでいただけたなら幸いだね」

女史は俺をじとっとした目で睨んだ後、ゆっくりと首を横に振った。

「容姿を揶揄《やゆ》されることは慣れているがね。それを口に出さぬ限り、内心の自由は保障しよう。それが学院の決まりだ。——話を変えよう。先ほど教授たちのことを世捨て人と言ったが、まさにそのことで少々、相談があるのだ」

「俺に、相談？　研究のことではなく？」

「研究のことなら、こんな場所で話をしないさ。研究室に乗り込んでいくのが学院の流儀だ。そうではなく、学生に関する話だ」

「それこそ、研究室でするべき話では？」

「予算が出た後の話なら、そうするのだがね」

なるほど、構想段階の話か。いまの段階では対価として支払うものがないから、こうして勤務時間外に話をしに来ている、と。

まったく、たくさんの学生を抱える教授たちはたいへんだねえ。担当する学生がクルンカひとりだけで本当によかった。

「話を聞くだけなら、聞こう」

「助かるよ。どこに相談すればいいかもわからなくてね」

「学生のことで？」

「ああ。実は前から、話に上がっていたことではあるのだが。一部の学生から、アルバイトをしたいという要望があってね」

アルバイト？　勝手にすればいいだろう。別に学院内にそういう決まり事があるわけでもない。学舎の中庭に立てられた掲示板には、多くの求人が掲示されている。報酬は、まあたいしたものではないとしても、そもそも学業の合間にやるものなのだから……。

俺は首をかしげた。話がよくわからない。

「ありていにいうと、学業のかたわら、狩人か冒険者として金を稼ぎ、学費や生活費に充てたい、と考える者は多いのだ。貴族はともかく、平民には特にね」

「それはまあ、わかるな。無理をして学院に入ったものの金が続かない。よくある話だ」

「で、去年と一昨年、立て続けに何人も、冒険者として働いていた学生が事故で亡くなってね。これはまずい、と教授会で問題となって、一時的に狩人と冒険者のアルバイトは禁止、という規定ができたのだ」

知らなかったよ、そんなこと。

ちなみに狩人と冒険者の違いは、狩人が森や草原の生き物を狩るのに対して、冒険者は何でも屋というあたりだ。

冒険者は、街中の御用聞きから森の奥の先史文明遺跡漁《あさ》りまで多種多様な仕事をこなす。そのぶん、能力も玉石混交で、中にはごろつきまがいの連中もごろごろいる。

で、この両者、いちおうギルドは違うのだが、その役割にはかぶっているものも多い。

両方のギルドに籍を置いている者も多く、末端同士では仲のいい者もいれば喧嘩《けんか》腰《ごし》になる者もいて、両者の関係はひと口には説明できないものがある。

「だが、それもそろそろ限界だろう、と先日も貧乏な学生から陳情が来てね。教授会としても落とし所を探っていたのだが、かくなる上は若い者に対応を一任しよう、と問題の丸投げを画策したわけだ」

「それで、きみにお鉢が回ってきた、と」

「笑ってくれたまえ。いいように使われる下っ端の小娘がこのわたしさ」

ははっ、と自嘲するように笑って、エリザ女史はグラスを傾けた。一気に呑みすぎて、またゲホゲホむせる。

つくづく、格好がつかないなあ。

「笑うな!」

「笑ってくれ、っていま言ったばかりじゃないか」

「そういう意味じゃない！　ああもう、まったく。とにかく、そういう次第なんだ。きみは以前、冒険者をやっていたんだろう？　何かそのあたり、アドバイスとかできないかね」

アドバイス、ねえ。そもそも冒険者なんて自己責任の極みみたいな仕事だからなあ。

学生といったって、他人の子に対して仕事を禁止する権利が学院側にあるのだろうか。死んだとしても、それはそいつの勝手、ではないだろうか。

自分勝手で好きなように生きる俺としては、どうしてもそう思ってしまうのである。

「きみが考えていることはわかるがね。学生が頻繁に亡くなるという噂が立つのは、学院として看過できぬ問題なのだよ」

「なるほど、内実はともかく、問題が起こることこそ問題だ、と。役人みたいなことを言うな」

「学院の上層部なんて、役人とさして変わりがないさ。保身に長《た》けていなければ、そこまで出世できない」

そういえば、学院の上層部は貴族のパワーゲームで出世するんじゃなくて、内部での功績が点数化されて選出されるんだったな。

大陸全体で見ても、けっこう特殊な形式である。

何でも、大賢者からのアドバイスでこういう形式となったとか。

大賢者の言葉というものはえてして絶対視されがちで、だから一度決定されたこの形式については、貴族たちも文句ひとつ言えないのだという。

あのひとは、そういう絶対視こそ望んでいなかったと思うんだけどなあ。

「冒険者はもともと危険と隣り合わせの仕事だろ。ましてや高い報酬を求めるなら、なおさらだ」

「それは、もちろんそうだ。ちなみに一部の教授からは、普段、冒険者に依頼を出している薬草や鉱石の採集などを学生にやらせたい、という要望も上がっている」

「それは学生を薄給でこき使いたいだけだろう。却下しておけ」

この国において、研究者たちが研究に使う薬草や鉱石といった素材の採集は、冒険者の主要な仕事のひとつとなっている。

それだけ学院の出費も多いということで、それを何とかしたいという理屈はわからないでもないが……でもそれ、経済をまわすという意味では必要なことなんだよなあ。

そのあたりをエリザ女史に説明するのも面倒くさい。というか彼女はたぶんわかっていて、だからこそ愚痴として吐き出しているのだろう。

「ただ、まあ。そういうことなら、教授の方から薬草の採集なんかを依頼として学生に出して、相応の報酬を払うという形にすればいいんじゃないか」

「ふむ、検討に値する意見だな」

女史は考え込んだ。

「しかし、安全性の問題がある。場合によっては、教授が学生を死地に送り出した、という風評被害が出る可能性もあろう」

「そこは最低限、依頼の吟味が必要でしょうね。依頼料でギルドに中抜きされるのは、そういったリスクをギルドが背負う、ということなのだから」

中抜きは一概に悪とは言えない。需要と供給のマネジメント、マッチングという作業、それに伴う危険など、さまざまな要因が嚙《か》み合っているからこそ、それを事業とする者たちがいるのだ。

かつて俺は、師からそんな説明を受けていた。

「まるで大賢者さまのような物言いだな」

エリザが、ふふ、と笑う。俺は苦虫を嚙み潰したような顔で彼女を見る。

「わかるよ。大賢者さまの本の受け売りだろう？」

「そうだよ。悪いか」

「誰も、悪いとは言っていない。お隠れになってからも、大賢者さまの教えは人々に受け継がれている。素晴らしいことだ。大賢者さまも喜んでおられるだろう」

そうかな？　俺は、あまりそうは思わないんだけどなあ。

いや、まあ、それはいまはいいのだ。

「やはり、きみは頼りになるな。その調子で、もう少し頼りにさせてもらうとしよう」

「え、いや、待って？　いまなんて？」

「教授会には、きみを推薦しておこう、ということだ」

女史はグラスを空けて立ち上がる。

「今度はわたしがおごろう。では、また」

「いや待て待て待て、どういうことだよ!?」

颯爽《さっそう》と酒場を出ていく女史を、俺は慌てて追いかけようとして……やべっ、金を払ってなかった。会計をしているうちに、彼女の姿は見えなくなっていた。

後日、教授会から俺宛てに、ひとつの依頼が来ることとなる。

今後の教育と学院内での素材確保を円滑に進めるという名目で、教官として数名の学生を一人前の素材採集者に育て上げろ、という内容である。

それなりの報酬が出るとはいえ……面倒な……。

いちおう依頼の形式をとっているから、拒否することは可能だ。教授会から睨まれることさえ甘受すれば、である。

というかこれ、エリザ助教授がかけあって、お金が出るようにしたってことなんだろうな。そこは感謝するべき……なのか？

さて、どうするかね。いやまあ、たまには外で身体《からだ》を動かすのもいいか。

◇　※　◇

「点呼！」

「一！」「二！」「三！」「四！」「ごーっ」

春真っ盛りの天気のよい朝方、学院の近くにある森のはずれへと、俺は五人の若者たちを引率してやってきた。

年齢は十二歳から十六歳の男女で、いずれも学生である。

いや、正確には学生として紹介された者たち、と言うべきか。

だって、ねえ。ちらり、と端に立つ、狩人を真似た格好をしている少女を見やる。

幻影魔法で金髪にして、眼鏡をかけて、髪形も変えているけど……。

どう見てもイーメリア姫さまです。

肩に、いつもの黒猫も乗っているし。

あなた、そもそも学生じゃないよね？　卒業生だよね？

目が合うと、姫さまは悪戯《いたずら》っぽく、一瞬だけちろっと舌を出した。

てへ、じゃないんだよ。

そこの猫も、にゃーご、じゃないんだよ。

まあ、学院の出資者としてこの新しい試みの視察に来た、と言われれば……いや、どうなんだ？

そういうのは部下に任せろよ！

とりあえず、知らんぷりしておく。万一、事故があったとして、何も知らなかったということにすれば俺の責任にはならないだろう。

たぶん。だったらいいなあ。はあ、胃が痛い。

「あの……あちらの方、姫さまですよね」

最年少ながら学生の中でも荷物を背負う姿がいちばんさまになっている少女、クルンカが、俺のそばに立ち、小声で囁《ささや》く。

彼女は今回、俺の助手ということになっていた。

軍人家系の彼女は、幼い頃から森で行軍演習まがいのことをしていたとのことで、獣道を危なげなく歩く様子から、助手として充分に役に立ってくれそうであった。

そんな彼女に、俺は苦笑いを返す。

クルンカは、「あっ」と察した様子で、口を閉じた。この件には触れないでおこう、ということだ。賢い子だなあ。

ちなみに、残りの三人はぱっと見た感じ、普通の学生のようだ。気楽な様子で姫さまに話しかけている。姫さまも、気安く受け答えしていた。

「さて、これから三泊四日で森の奥に行き、薬草や鉱石の採集を行う。森の中では、俺の指示に従うこと。何かトラブルが発生したらすぐ知らせること。自分の判断で動く場合、必ず声に出してから動くこと。みだりに大声を出したり大きな音を出したりしないこと。これらを厳守の上、行動するように。ここまでで、質問があれば挙手」

十三歳でクルンカの次に若い少年が手を挙げた。

「先生！」

「あ、俺のことは教官と呼ぶように」

「では、教官！　移動の際に魔法を使っても構いませんか？」

「どんな魔法だろうか」

「肉体強化魔法です。一日歩きづめなら、四肢を強化したいと思います」

「まる一日強化してもまだ戦う余裕があるなら構わない。魔力のコントロールとペース配分はできるか？」

「できます。故郷では農作業に魔力を使っていました」

あ、こいつ、肉体強化魔法の才能を認められて学院に入ったタイプか。そういう経緯なら、そりゃアルバイトしたいよな……。

「なら、よし。他の者も、それをまる一日続けられるなら、魔法を用いても構わない。ひとりでも脱落者が出た場合、実習はその時点で中止、学院に帰還する。このことを念頭に置いて、安全第一で行動するように」

それ以上の質問はなかった。

よろしい、とうなずき、クルンカを先頭に皆を先に歩かせ、俺は最後尾で彼ら全員が視界に入る位置につく。

しばらく歩いたところで、姫さまが横に並んだ。目配せしてくるので、俺は軽く手を振り、魔法を使う。

風の魔法で声をコントロールし、まわりに音が流れぬようにした。

「さあ、どうぞお話しください、敬愛する姫君」

「何のことですか、教官。わたくしはただの学生です。名をメリアと申します。お見知りおきを」

「そういうの、いいから」

姫さまは、唇を尖《とが》らせて不満の意を表す。そんな可愛《かわい》らしい仕草をしてもごまかされないぞ。

「自由気ままなところ、あなたの母にそっくりですよ」

「まあ、嬉《うれ》しいことですね」

にっこりとするメリアちゃん十五歳。皮肉が通じない。

「で、何でついてきたんですか」

「こういった活動に興味があった、ということでは駄目でしょうか」

「護衛のひとりもついてきていない時点で駄目でしょう」

「そこは、あなたを信用しております」

「そんな言葉でごまかされませんよ。四日も王宮を空けること、よくまわりが承知しましたね」

「たいへんでした。王宮を抜け出すのは」

黙って出てきたのかよ！　いま頃、王宮の方では大変なことになってるんじゃないの？

誘拐と勘違いされたりしたら、まずいな。いっそ、いまからでも引き返すか？

「きちんと書き置きは残しておりますので、問題ありません」

「問題しかないです」

「絶対にあなたの責任にはならない形でまとめますので、ご安心ください」

俺は深いため息をついた。マジで何を考えているんだよ……。

まあ、こうなったらいまの俺にできることは、何もない。諦めて、職務を全うするだけだ。

実際のところ、姫さまは他の者たちによく気を配り、疲れ知らずで働き続けて、無事に一日目を終えることに貢献してくれた。

身体は魔道具で強化しているみたいだけど、それにしたってタフだな、このひと。

タフじゃないと王族なんてやってられない、とは聞くけども。魔力の高い血統同士で婚姻を繰り返して、彼女自身もかなり魔力が高いということは知ってるけども。

「メリアさんは力持ちですね。ぼく、羨ましいです」

森の奥、野営地となった大樹のそばで、手際よくテントを張ってみせた姫さまを、年少の少年が憧れの者を見るような目で眺めていた。

クルンカはもうひとりの女子生徒と仲良く話をしながら薪《まき》を集めている。

他の者たちもそこそこ野外活動には慣れているようだが、姫さまとクルンカの動きは頭ひとつ抜けている。

あーこれ、軍人の家系出身のクルンカはもとより、姫さまも軍のブートキャンプとかで鍛えられてるのか。たしかに有事ともなれば貴族、王族も兵と肩を並べて戦うべし、というのがこの国の気風ではあるのだが。

戦いに関する魔法は得意じゃないみたいだが、それでも魔力がある、ということは相応に負荷のかかる魔道具を起動できるということである。

戦において、魔力があるだけでやれることは多い。クルンカのように、特殊な体質でなければ。

無論、魔力がすべてではない。大賢者は、魔法という概念をヒトに伝える際、それを発展させるさまざまな手管もまたヒトに教えた。

こうした手管をもとに己の中で魔法を術として発展させた者たちを、魔術師と呼ぶようになった。

もっとも現在は、学問としての魔法、すなわち魔術には興味がなく、ただ人から教わった魔法を使うだけで魔術師を自認する者も多いのだけれど……閑話休題である。

「先生、近くの川で水浴びしてきていいですか」

クルンカの問いかけに、少し考えて「男女別に行こう。クルンカ、まずはきみが女性陣を連れていってくれ。必ず全員まとまって行動するように」と念を押して了承する。

クルンカが姫さまと女子生徒を連れて川へ向かうのを、残った男子生徒たちが少し羨ましそうに眺めていた。

「ほらほら、俺たちは焚《た》き火《び》の準備だ。覗きなんて考えるんじゃないぞー」

姫さまがいる以上、こいつらの身の安全のためにも邪《よこしま》な考えを起こさせてはならない。面倒だが、学生たちの尻を叩《たた》いて、きちんと働いているところを見張る。

「ところで教官、俺たちも水浴びするんですか？」

「しなくてもいいが、女子生徒からそっと距離を取られてもめげるなよ」

「あ、水浴びします」

うん、素直でよろしい。

ふと近くの樹を見上げれば、姫さまの黒猫がじっとこちらを見つめていた。

軽く手を振っておく。


夜、テントのまわりに生き物警戒の魔法をかけた。ある程度以上の生き物が接近してくると、俺の頭の中で警報が鳴るというシロモノだ。

「見たことのない魔法ですね」

姫さまが不思議そうに、魔法が及ぶ境界あたりで揺らめく魔力を眺めていた。

「空間の残留魔力を使った、俺の自作です。ある程度以上の魔力持ちが複数人いないと残留魔力が足りないため、普通の狩人などに教えてもあまり意味がないですね」

「あなたはまた、軍が喜びそうなものを……」

姫さまの目が、きらりと光る。

やっべ、余計なものを披露したか？

まあいいや、これは普及させるつもりないし。正直、完成度が低くて、俺以外には使えない、実質的には失敗作なんだよね……。

で、魔法で警戒はできるけれども、念のため交代で見張りを立てる。目視を怠ることは危険だ、とあらかじめ説明してあったからか、全員が熱心に見張りをしてくれた。

こういうのも、実習の一環だからね。

二日目、薬草の採集の最中に、俺たちはヒトの胴体ほどの太さがある巨大な糞《ふん》を発見した。

「三《み》つ首狼《くびおおかみ》か獅子熊《ししぐま》だな」

どちらも、馬の三倍以上はある巨大な森の生き物だ。魔物、とも呼ばれる類いで、ヒトを襲うことでも知られている。

「さて、こういう生き物への対処方法だが……何か提案は？」

試しに、学生たちに訊《たず》ねてみた。

こちらの用意した答えは、魔物除《まものよ》けの護符、と呼ばれる魔道具を準備する、森の生き物が個々に持つ縄張りの外に移動する、等であるが……。

「臭いの魔法で、相手の嫌う臭いを出して追い払います！」

即座に挙手した少女の答えに、あれ、と首をかしげた。姫さまを含めた残りの全員がうなずいている。

「教官が臭いの魔法を開発したのは、このためなんですよね！」

いいや、違うよ？　全然違うよ？

「臭いの魔法ができたおかげで、狩人たちの仕事がとても楽になったって、父も喜んでいました！」

ああ、昨日からやたらとクルンカと仲良くしていたこの子、森を歩くのが上手いと思ったら、お父上が狩人なのね。

いやそうじゃなくて、ちょっと待って、待って、いつの間にか、狩人の間の常識が変わっちゃってる!?

俺が時代遅れの冒険者ってこと？　意味ないじゃん、この実習!!

学生たちが臭いの魔法の開発者である俺を褒め称《たた》える。姫さままで、いっしょになって褒めてくれている……ってこのひとは笑っているな、いい性格してるぜ。

素知らぬふりをしたまま、彼らに魔物を追い払う臭いを出させて、ことなきを得た。

俺自身はどの臭いでどいつを追い払えるとか詳しくないし……たぶん、この学生たちの方が臭いの魔法について詳しいんだよ。知り合いの狩人に、後でよく聞いておかないと。

まだまだ、フィールドワークもできる研究者のつもりなのだから。

そういうわけで、魔物たちの気配はあったものの、そいつらは皆、俺たちを避けて遠くに行ってしまった。

臭いの魔法の効果がいかにてきめんであったか、実地でよく理解させられた。

それはそれとして、実習の先行きが不安だ……。

三日目は鉱石の発掘である。魔法によってある程度の探知を行ったあと、どうすれば手際よく目的のものを集められるか簡単な講義を行いながらやっていく。

これに関しては、姫さまとクルンカ以外の三人の方が手際がよかった。

単純に、幼い頃からそういった仕事をやって、金を貯《た》め、学院の試験にパスした苦労人たちだからら、ということのようである。

「皆さま、将来有望な方々です。彼らの努力をこの目で見られてよかった。わたくしはこの数日のことを、生涯忘れないでしょう」

姫さまはそんなことを言って、壁面から採掘するつもりで砕いてしまった鉱石を見下ろした。賢《さか》しげなことを言うことで、貴重な鉱石を台無しにしたことを有耶無耶《うやむや》にするつもりらしい。

こんなのを賢女、才女って呼んでるの？　本当に？

「いい性格してますよね、ほんと」

「よく褒められます」

にっこりとするメリアちゃん十五歳（二回目）。

この子、ほんとさあ。

「そろそろ、あなたの行動の理由を説明していただけませんか」

三日目の夜。ふたりきりになったタイミングで、そう訊ねた。

焚き火から少し離れて、草原に仰向《あおむ》けに寝そべり、満天の星を眺めている彼女のもとへ歩み寄る。

メリアと名乗る少女は、半身を起こして「もう、よろしいでしょう」と呟《つぶや》き、俺を見上げた。

「どうやら宮廷の深いところに間諜《かんちょう》が入り込んでいた様子です。このタイミングで動くというところまでは突き止めたのですが、さて具体的に何をするか、となると……」

「なるほど、どう動かれるかわからないから、あえて隙を見せてみた、と。それ、この場を襲撃される危険もあったのでは？」

「わたくしは学院に籠もりきりで、とある実験の手伝いをすることになっています。まさか森にいるとは思わないでしょう」

それって学院が危ないんじゃないの？

いや、あそこには他の王族も通っているから、相応に警備も厳重だ。

ともあれ、かなりの確度で、王宮の深刻なところに他国の間諜が入り込んでいるんだろう。そいつらがやらかす際に、彼女だけでも安全圏に置いておきたかった、と。

他の王族の身には危険が及ぶ、ということだが……それだけのリスクを負ってでも、ここでケリをつけたかったということか。

まあ、大陸全体の情勢が悪すぎるからね。国を守る立場の者たちであれば、危機感を抱くのも当然である。

幸いにして現王は健康でまだ四十代、治世は問題なく、おおむね国内は安定していると言える。

彼女たちには将来のための時間が充分に与えられていた。

そのはずであった。

「姫さま、この場の安全を預かる者として、隠しごとはなるべくナシでお願いします。他に何か、深刻な懸念材料があるのでは？」

「さすがの洞察力ですね。南の国境に怪しい動きがあるそうです」

やっぱりあるのかよ！　こんちくしょう、厄ネタてんこもりか!?

「南の国が軍を揃《そろ》え、間もなく動くとのことです。その前に、できれば宮廷内部の掃除をしたかったのです」

思ったより状況は悪いのかもしれない。

「いずれにしても、明日には戻ることになります。問題ありませんね」

「ご迷惑をおかけします」

姫さまは立ち上がり、深く頭を下げた。王族はそう簡単に頭を下げるものじゃないのだが、いまはただのメリアという少女であるからか。

いずれにしても、俺としては事情を知ったからといって何ができるわけでもない。黙って、彼女の謝罪を受け入れておく。


翌日、夕方。俺たちは森を抜け、王都が見える小高い丘まで戻ってきていた。

そこで、知る。

王都から無数の煙が立ち上っていた。

王都に隣接する学院は、堀の水を氷にして屹立《きつりつ》させ、長大な壁としていた。噂に名高い氷の壁、初めて見たぜ……。

完全に臨戦態勢だ。

そして、王都と学院の間に陣取る軍があった。

その数、およそ五千といったところか。

「なるほど」

姫さまが、呟く。

「宮廷の鼠《ねずみ》が内部で騒ぐうちに、南の国はかくも迅速に軍を進めた、と。思ったより動きが早い」

彼女の肩に乗った黒猫が、ふしゃーっ、と毛を逆立てる。

◇　※　◇

大賢者は、国と国との争いに、一定のルールを定めた。

ヒトは際限なく争うものであるし、とことんまで憎しみ合い、破壊し合った先にあるのは文明の後退であるからどこかで歯止めが必要だ、というのがその理由である。

戦争をする際には宣戦布告をはじめとした手続きを行う、捕虜を戯れに虐待しない、相手国の無抵抗の民は殺さない、奴隷とした場合も一定の金額か一定の年季でもって解放する、といった、いずれも必要最低限のルールだ。

これ以上のルールを課したところで誰も守らないであろうし、守れないのも明らかだった。

各国は大賢者の叡智《えいち》に深く頭を垂れ、争いのルールをおおむね守った。しかし五年前、大賢者が消えた後、このルールは形骸化し、どの国も露骨に無視するようになった。

「本当は、皆が集まって、どうすればいいか考えて、ルールを決めるべきなんだけどね」

かつて、わが師はそうおっしゃった。

「それが必要だと実感するまでに、おびただしい血が流れるだろう。それは本意じゃなかった。だから、わたしからルールを提案したんだ。でも所詮は上から押しつけられたものにすぎない。きっとわたしがいなくなったら有名無実と化すだろう。そうわかっていても、いま起こりうる悲劇を防ぐためには、そうするしかなかった」

師の言葉の通り、強制力のないルールに意味はなかった。

現在、各国は大賢者の授けた知識をありがたがったくせに、大賢者の設けた決まり事など知ったことではないと判断しているようであった。

「彼らを愚かだと思ってはいけないよ。ヒトが本当に、必要に駆られて決まり事をつくるには、本来もっとずっと長い時間がかかるはずなのだから。彼らには、彼らの意志で学ぶという過程が必要なのだ。わたしは三百年間、その機会を奪い続けていたのだから」

理屈は、わかる。人から教えて貰った知識と、己の頭で考えて得た答えの違いが理解できないようでは、研究者たりえない。

だからこそ、思ってしまうのだ。我々はいつになったら、かつて大賢者がたったひとりで歩いていた、その地平に辿《たど》り着けるのだろうか、と。

その背中が、あまりにも遠くに感じられる。


丘の上から、眼下に展開する南の国の大軍を眺めている。

俺のそばにいるのは、アシスタントであるクルンカと、学生に化けた姫さまと、学生が三人、それだけだ。

「いったい、何があったんですか。宣戦布告はあったの？」

狩人の娘が啞然《あぜん》として呟く。目の前の光景が信じられない様子である。

宣戦布告、最近は誰も守ってないってよ。

あるいは国境の砦《とりで》を落としてから宣戦布告の鳩《はと》を送る程度らしいよ。

「俺の家は、王都にあるんだぞ。無事なんだろうか」

あー、まあ、王都は無事だと思うよ。煙が立ち上っているのは、あれはおそらく王都の軍が戦いの準備をしているだけだろうし。

「軍は何をやっているんだ。さっさと突撃して、やっつけちまえばいいのに」

うーん、王都に駐留している部隊は五百人くらいだったはずだから、五千人を相手に突撃は無謀じゃないかなあ。時間をかければ、各地を守る部隊が合流して、戦えるくらいにはなるはずだけど。でもその場合、他所《よそ》の国も介入してくる恐れがある。弱ったヤツから潰すべく虎視《こし》眈々《たんたん》と狙いを定めているのは、どこの国も同じことだ。

「先生、どうしますか？」

「まずは、いったん森に戻る」

クルンカが訊ねてきたので、俺はそう宣言した。

とにかく、ここでぼうっとしているのがいちばんよくない。

「学院に戻るまでが実習だ。皆、俺の指示に従うように」

姫さまも、これには素直にうなずく。森の入り口のすぐそばで今後のことを相談することになった。

丘を下りる途中で、来るときは気がつかなかった、数名の地面に倒れた者たちを発見した。

商人たちとおぼしき死体で、いずれも背中に刃傷がついていた。

中には、十かそこらの子どもの姿もある。商人の息子が見習いでついてきていたのだろうが、彼もまた容赦なく殺されていた。

「南の街道を通ろうとして、南の国の軍にでくわし、襲われたのですね。逃げようとしたところを、追いつかれ、剣で……。むごいことです」

「そんな！　大賢者さまのルールでは、武器を持たない民を襲っちゃいけないって！　ましてや、子どもまで……」

「南の国は、大賢者さまのルールを守る気など、まるでないようですね」

姫さまは学生の言葉にそう答えて、商人たちの死体のそばに片膝をつき、その魂の平穏のため、しばし祈りを捧《ささ》げた。大陸で一般に使われている祈りの文言は、三百年前、さまざまな部族が用いていた祖霊の祈りを大賢者がまとめたものだ。本来は死体を焼き、骨を土に埋めるのだが……。

残念だが、いまはそこまでする時間がない。

まだ敵軍の兵がこのあたりにいる可能性もあるから、すぐにその場を離れることにする。

「――許さない」

クルンカが、拳をかたく握って震えていた。

移動の途中で、遠くから悲鳴が聞こえた。絹を裂くような女性の声だ。

「またっ」

止める間もなくクルンカが悲鳴の方角へ駆け出す。その全身がピカピカ輝いていた。ものすごい加速で、あっという間に丘の向こう側に姿が消える。他の学生も彼女を追いかけようとしたので、

「待て、追うな！」と慌てて止めた。

「メリア、皆を頼んだ」

「はい。教官は？」

「うちの助手を連れ戻してくる」

今回、クルンカは助手として俺についてきている。彼女の不始末は俺の責任だ。クルンカを追って駆け出す。

丘の向こう側で馬車が横転し、そこから這《は》い出した女性とふたりの幼い子どもたちを、南の国の兵士五人ばかりが取り囲んでいた。

馬車のそばに、血まみれの馬が倒れていた。旅人たちを襲った突然の災禍はそれだけに留《とど》まらず、その向こう側には更に五人の兵が、一行の護衛だったとおぼしき剣を持ったふたりの男を取り囲み、嬲《なぶ》るように攻撃を加えていた。

そこに、全身を輝かせた少女が飛び込む。

素早い踏み込みでひとりの兵士の懐に入ると、その腹に密着して拳を振るう。兵士は身をふたつに折って、その場に倒れ伏した。兵士の手から落ちた剣をクルンカが握る。まだ状況を理解していない別の兵士に斬《き》りかかり、これに深手を負わせた。

「許さない！　絶対に、許さない！」

いつもの、のほほんとした笑顔の少女ではない、激しい怒りをたぎらせた軍人の娘がそこにいた。子どもの頃から受けてきた「王国の兵はこうあるべし」という教育が、いま彼女の憤怒の源となって、幼いその身体に似合わぬおそるべきちからをもたらしていた。

「ガキが、何てことをしてくれる！」

倒れた兵士の名前を叫んで、残る兵たちが自分たちの獲物を放棄してクルンカを取り囲もうとする。だが敵の剣を手にした少女は、素早い身のこなしで包囲から逃れると、端のひとりに鋭い刺突を見舞って、剣を持つ方の腕を傷つけた。

集団を相手に戦う方法を知っている。姫さまときたら、いざというときに俺の足手まといにならない人材、という意味も含めて彼女を俺につけたな？　と今更ながら理解した。

だが、所詮は多勢に無勢だ。

そして昔ならいざ知らず、いまの時代、どの国の兵も皆、相応の魔法を身につけている。

兵のひとりが、先ほどまでとは違う鋭い身のこなしでクルンカに接近すると、剣を振り下ろす。

クルンカは慌ててその一撃を敵から奪った剣で受けるも、彼女の剣は弾《はじ》かれ、宙に舞う。おそらく手が痺《しび》れたのだろう。相手もまた肉体強化魔法を使い、それを膂力《りょりょく》に注いだのだ。同じ強化魔法なら、もとのちからが大きな方が勝つ。非力な彼女は、受けるのではなく避《よ》けることに専念するべきだった。

そこは、実戦経験の差だ。相手は手練《てだ》れで、おそらくは兵をまとめる隊長なのだろう。

クルンカの剣を弾き飛ばした男が、にやりとする。

逆に、得物を失ったことで冷や水を浴びせられ正気に戻ったとおぼしき少女は、顔を青ざめさせた。

ったく、まだまだ甘い。

俺の放った炎の矢弾が、敵の隊長の頭を火で包む。隊長はぎゃっと悲鳴をあげて倒れた。他の兵士たちが、慌てた様子で、駆け寄ってくる俺の方を向く。

「先生！」

クルンカは、俺の邪魔にならないよう、兵士が動揺している隙を突いて包囲を抜け出す。俺はたて続けに炎の矢弾を放ち、それをことごとく兵士の頭に命中させた。火だるまになって悲鳴をあげ、地面に転がる兵士たちを見て、生き残った者たちが怯《おび》え、後ずさる。

「魔術師だ！　勝てない、逃げろ！」

「逃がすかよ」

ここで彼らを生きて帰せば、厄介なことになる。とっさにそう判断し、背中を向けた兵士たちの足下の地面を魔法で揺らした。あっけなく転倒した兵士たちが、ぶざまな声をあげて這いずり、なおも俺から距離を取ろうとする。

そんな彼らが、倒れ伏す。

クルンカが落ちた剣をふたたび握り直し、両手で横薙《よこな》ぎに振るったその一撃が、彼らの命を刈り取ったのだ。彼らが断末魔の叫びをあげる前に、クルンカは別の兵のもとに飛んでいた。輝く少女はその圧倒的な膂力と機動力ですべての兵を叩き伏せてみせた後、急にその輝きを消し、ちから尽きた様子でぺたんと尻餅をついた。

「お疲れさん。いい戦いだった」

「皮肉ですよね、先生。……ごめんなさい、我慢できなくて、飛び出しちゃいました。ご迷惑をおかけしました」

「おかげで助かった命があるさ」

クルンカが乱入したおかげで生き残ったふたりの護衛たちが、感謝の言葉を口にしながらこちらに近づいてくる。

幼い子どもふたりを抱いた女性も起き上がり、俺たちに頭を下げた。

俺は、へたりこんだままのクルンカに手を差し伸べ、助け起こす。

「次からは、『ついてこい』って叫んで突っ込め。俺も交ぜろよ」

「はい、先生！」


護衛だと思っていたふたりの男は、女の夫と兄であった。

彼らはふたりの子どもと共に王都へ向かう最中、あの兵士たちに誰何《すいか》され、続いて密偵を疑われて襲われたとのことである。

馬の死体と馬車は残し、最低限の荷物だけ運び出した彼らと共に、森のはずれまで移動する。

すでに周囲は薄暗かった。幸い、食料は余裕をもって持参していたから、今夜と明日の朝のぶんくらいはある。

もっとも無頓着に焚き火をしてしまえば敵軍に俺たちの存在がバレてしまうから、少し工夫する必要はあるが……そのあたりは、冒険者時代にいろいろ経験している俺がいるのだから、おおむね問題ない。

「南の国の王は、我が国の学院をたいへんに疎ましく思っている様子でした。侵攻は時間の問題だと考えていたのです。それがいまだとは、予測できておりませんでしたが」

改めて他の学生にも正体を明かした姫さまが、そう語り出す。学生たちは驚くと同時に、「こんなに有能な人が学生にいることを知らなかったのも、当然だったのだ」と納得もしていた。

まあそうだよな、数日も一緒にいれば、この人の採集以外での有能さはよくわかる。その学習能力の高さも、である。

こんな奴が同じ学舎にいれば、相応に目立つものだ。ついでに、美貌も、変装しているとはいえだいぶそのオーラみたいなのが漏れ出ていたのだから。

「教官とよく話していたから、てっきり教官が愛人を連れてきたのかと」

とこぼした年少の少年が、年上の学生に頭をはたかれていた。うん、まあ姫さまは笑って流してくれたけどね。

あと俺、そんな風に思われていたの!? 実に心外である。

だいたいこの子、かつての仲間の娘なんだよ?

「皆さまは、ひとまずここからお逃げください。どこか安全な……少し離れた村にでも」

王女殿下は、はっきりそう告げた。いまこの場に留まることは賢明ではない、という判断である。

「姫さまは、どうなさるのですか」

学生のひとりが、おずおずと訊ねる。

「わたくしは、北の砦に向かいます。各地の軍を再編制し、王都を守るために動かします。もとより、そういう手筈《てはず》でした。本来はもっと先手を打って動くべきだったのですが……完全に後手にまわりましたね」

「軍を連れてくるまで王都が保《も》つのですか？」

「それは、わかりません。ですが最悪の場合に備えるためには、わたくしがいま、ここにいるわけにはいかないのです」

王都が陥落した場合、王族の大半が敵に捕まるか、殺される。そうなった場合、目の前の少女が王家の生き残りとして、反撃の御旗《みはた》とならねばならない。

本来であれば、侵攻が判明した時点で各地に王族を分散させ、事態の悪化に備えるのだが……どうも敵軍の侵攻が早すぎて、それができていない様子であった。

場合によっては国が滅ぶほどの事態であると、いまさらながらに実感する。

国が滅べば、当然、学院もこれまで通りとはいかないだろう。

というか、南の国の王って学院にガチギレしてるんだよな。主に、学院から生まれた画期的な発明で南の国の主要産業が潰されたから。

たぶん、学院そのものが消えてなくなる。民に情けをかけるタイプじゃなさそうだから、いま学院の中にいる者たちはすべて奴隷として連れ去られるか、残酷に殺されるだろう。

俺の平穏な研究生活も、当然、終わりだ。いますぐ他国に逃げなければ。

とはいえ大陸で、ここ以上に条件がいい場所などそうはない。

ちらり、と姫さまの顔を盗み見た。

彼女の視線の先は、いまは丘の陰に隠れて見えない王都にあった。

まるで凝視していればその彼方《かなた》まで見通せる、とでもいうように、じっとその方角を睨んでいた。

険しい顔で、そして覚悟を決めた、いままで見せたことがないほど緊張した様子で、そして血が出るほど拳を握りしめて。

不意に、理解する。彼女だって、冷静ではいられないのだと。

余裕ぶった様子をかなぐり捨てて、己の持つあらゆる手段を用いて、死に物狂いで己の責務を果たすつもりなのだと。そして、どれほどの犠牲を払ってでも、たとえ己の命を使い捨てることとなっても、この地を守り通すつもりなのだと。

遠き、かの日の光景を思い出す。彼女の母親が、若き頃のことだ。

依頼でやってきた森の中の村、そこで俺たちは村を囲む犬亜人族の群れを発見した。俺たちはたった五人で、しかし相手は四十体近く。

村を助けるのは絶望的だと、誰もが考えた。

だが過日の彼女は、いま姫さまがしているようにじっと、村を、そして村人たちの姿を睨んでいた。

村を守るため、腰が引けていながらも槍《やり》を構えて犬亜人の群れを牽制《けんせい》する無力な人々を、凝視していた。あのときの彼女の様子に、俺たち残りの四人は――。

「親子だな」

思わず、呟いていた。姫さまが、はっとした様子でこちらを振り向く。

そうだ、あのとき。俺たち五人は、肩を寄せ合って、相談して、そして決めたのだ。

何としても村を助けてみせようと、そう決意した。

膝をつき合わせ、知恵を尽くした。

策を講じ、少々無謀ながらもそれを実行し、実際に最後まで遂行してみせた。

全員が死力を尽くして、ちからの最後の一滴まで絞り出して、血まみれになりながらも犬亜人たちを追い払った。そのときに使用した薬草や魔道具の数々は、大幅に依頼料を超えていたのだが……。

あの大赤字を何とかするために、その後しばらく大変だったんだよなあ。

いまとなっては、懐かしい思い出のひとつだ。

「姫さま、提案があります。大博打《おおばくち》になりますが、ひとつ聞いていただけませんか」

俺は、一歩踏み出してそう告げた。

◇ ※ ◇

若かりし頃、後に姫さまの母親となる人物とチームを組んでいた時期のことである。

俺たちは、四十体からなる犬亜人に襲われていた村をたったの五人で救った。

いまから思えば、だいぶめちゃくちゃだった。

チームの中でも身軽な者たちで森の魔物たちをつり出して、犬亜人の群れにぶつけたのだ。おかげで犬亜人の群れは散り散りになったが、暴れる魔物たちの後始末が大変だった。

すべてが終わったときには、全員が傷だらけだった。あんな無茶、二度とするものかと本気で誓った。見も知らぬ誰かのために命を張るなんて、馬鹿のすることだと。

では、見知った誰かのためなら、どうだろうか。


森の生き物を草原におびき出し、敵軍にぶつける。

臭いの魔法を使って。

俺の作戦は、ただそれだけのシンプルなものだ。この地の生き物についてさほど詳しくないから、そのあたり上手くいくかどうかはわからなかったのだが……。

「できる、と思うぜ」

姫さまとの相談の最中にやってきた王都近辺に住む狩人たちは、思案の末、そう言ってくれた。

彼らは森で狩りをしていたところ、王都が封鎖されてしまい、帰るに帰れなくなって途方に暮れていたとのこと。

三人から六人のグループが、合計で四つ。合計で十九人と、なかなかの規模だ。

中には学生の親や俺の知り合いもいたので、話は円滑に進んだ。姫さまがいて、彼女が俺を参謀に任命したことも大きい。

ちなみにクルンカと仲良くなった女子生徒とその親との感動の再会とかもあったりしたのだが、そのあたりの話はここでは割愛しておく。

「三つ首狼や獅子熊を操る臭いについては、かなり試してみたからな。きっと上手くいくさ」

狩人たちは、やけに自信満々である。聞けば狩人たちは、俺が臭いの魔法を発表してからこの短期間で、この魔法をだいぶ練習したとのこと。

いくつかのグループをつくり、野生の獣を相手にあれこれと研究したり、実験したりを繰り返したらしい。

狩人って、そんな集団で動くような奴らだっけ？

「それだけ、おまえさんの開発した魔法が画期的だったってことだよ。誇れ」

知り合いの狩人がそう言った。

直後、見知らぬ男たちが俺を囲み、乱暴に肩を叩く。痛い、痛いって、この馬鹿力どもめ。

「ひとり、ふたりじゃ実験が失敗したとき危険だからな。魔物たちが暴れても対処できる人数でやる必要があったのさ。結果的に、仲良くなったグループで狩りに出かけることも増えた。一匹狼だった頃とは比べものにならんほど儲けが増えたよ」

こちらとしては思ってもみなかったことばかりである。

「とりあえず相手の食欲をそそる臭いで魔物を集めて、怒らせる臭いを敵軍に放り込む、ってあたりでいくかね」

「食欲が出る臭いより、雌が発情期に出す臭いの方がいいんじゃないか」

「それだと雌は近寄ってこない。種によっては同族同士で殺し合いが始まる。それに雄も発情期じゃなきゃ意味がない、って実験でわかっただろ」

「いやでも、発情期の臭いは反応が強烈だから……」

俺や姫さまを置いてきぼりにして、狩人たちが膝をつき合わせてあれこれ話し合いはじめる。ああこれ、この雰囲気知ってる、俺知ってる。

ポンと課題を投げ与えられた学院の研究者たちと同じだ。夢中になってまわりが見えなくなるくらい熱中してしまうやつである。

というわけで、姫さま、お願いします。目線で彼女に促すと、麗しの王女殿下は、これみよがしにひとつ咳払《せきばら》いをしてみせた。

白熱した議論を展開していた狩人たちが一斉に沈黙し、姫さまの方を振り向く。

「食欲をそそる臭いで参りましょう。朝までに、確実に、そして大量に、魔物たちを動員する必要があります。そのための議論でしたら歓迎いたしますわ」

言外に、余計なところで時間を食うな、と告げる。狩人たちは、コクコクとうなずき、議論に戻った。

「さて、姫さま。具体的なところは彼らに任せましょう。攻撃のタイミングは、朝日が昇る直前、それがもっとも見張りが油断する瞬間です」

「ええ、そうなると後は、王都にこの作戦を知らせなければ。敵が混乱したとて、所詮はひとときのこと。王都から打って出て、決定的な打撃を与える必要があります」

王都への連絡、ね。方法はいくつか思いつく。

「王族だけが知ってる符号とか、ありますよね」

「無論です。鳩の足に手紙をくくりつけますか？」

「いまから鳩を捕まえて調教するのは、ちょっと時間がかかりすぎですね」

姫さまの使い魔の黒猫が、しゅたっと前脚を上げた。

「南の国も馬鹿じゃない。使い魔を発見する結界くらい、張っているでしょう」

黒猫が、しゅん、とその身を丸める。クルンカが黒猫を抱え上げ、よしよし、と慰めた。

さて、符号があるなら、それを使うべきだろう、が……ひとつだけ確認しておかないと。

「その符号、公開されて二度と使えなくなっても構いませんか」

「問題ありません。こういったものは一定期間で入れ替えるものですから。ですがその前に、何をするつもりか教えていただけますか」

俺は、彼女に伝えた。姫さまは少し驚いた後、承諾してくれる。

よし、これで準備は調った、かな。

◇※◇

夜明けの少し前、暗い空に眩《まばゆ》い光の渦が生まれた。

渦から生まれた無数の光が周囲に広がる。見張りの兵たちがざわめく。

「落ち着け！　ただの光彩の魔法だ！　何の殺傷力もない！」

指揮官のものとおぼしき大声が響き渡る。

実際にその通りで、光はしばらく宙を舞った後、ゆっくりと闇に溶けた。

いったい、いまのは何だったのか。王都の魔術師の手によるものか、それとも学院の魔術師か、あるいは包囲の外から打ち出された魔法か……。

あの魔法に何の意味があるのか。ただの光彩の魔法にすぎないように見えて、別の効果があったのだろうか。あるいは本当に、ただ夜空に光を描くだけの魔法だったのだろうか。だとしたら、ただの悪戯か？　あるいは、何かの合図？　王都と学院の外に遊撃戦力があるとしたら、斥候《せっこう》を派遣して探すべきか。あるいはそういった考えすら、相手による何らかの誘導なのか。

「どこから魔法を行使した⁉　魔力の発生源を探知するんだ！」

指揮官は叫ぶ。

だがそれに対する探知役の魔術師の返事は、「ここです！　発生源はこの野営地の中です！」であった。

何かの間違いだろう、と指揮官はいぶかしむ。しかし何度、魔術師たちが探知魔法をかけても、魔法の発射地点は野営地の中なのであった。

「まさか、密偵が入り込んで……だが、わざわざ敵陣のど真ん中で派手な魔法を使う意味が……？」

指揮官たちが、ひどく混乱している。

そりゃあ、困るよな。

状況証拠を集めた結果、余計に意図がわからなくなるんだから。

種明かしをすれば、俺が使ったのは残留魔力である。

野営地には多くの魔術師や高い魔力を持った貴族がいて、常に微弱な魔力を放出している。俺は遠隔地からそれを利用して、魔法を行使した。最近、趣味で残留魔力の研究をしていたことが功を奏した形である。

野営中の軍勢を束ねる者の最終的な判断は、「何もしない」だった。

間もなく夜が明けるからだ。

夜明けと共に兵が起き出し、その後間もなく、いよいよ王都を攻めることになる。その前に無駄な消耗は避けたい、という判断であった。

魔術師にも、同じ理由で魔力を温存させる。彼らはこれから、王都を囲む壁を破壊するために、ギリギリまで魔力を搾り出す作業が待っているのだ。

そういう次第であり、俺の予想通りであった。

以上は、遠耳の魔法による敵陣の調査の結果である。

俺は野営地から少し離れた茂みの中に、身を潜めていた。

指揮官たちの籠もる天幕は対探知阻害の魔導具で守られていても、伝令の兵たちの口は封じられない。

野外である以上、空気の流れは阻害できない。

無論、それは敵軍も承知の上であった。

行動を秘匿するよりも、軍全体の意思を統一する方が重要であるという判断である。

それ自体は間違いではない。その警戒を上まわる、予想外の方向からの攻撃が行われるのでなければ。

さて、立ち去る前に残留魔力を使って、野獣たちを怒らせる臭いをばらまいて、と……。

そばで見守る姫さまの黒猫に、作戦実行、のサインを出す。黒猫はひとつうなずくと、茂みに消えた。後のことは、狩人たちのもとにいる姫さまに任せる。

◇　※　◇

夜明けの直前、地平線の彼方が白み始める頃、見張りの兵たちは地鳴りに気づき、周囲を見回す。大地が揺れていた。何か腹に響く太鼓のような不気味な音が、次第に大きくなってくる。

それが、騎馬部隊が駆け足で近づいてくるような音であることに気づいた兵の一部が、「敵襲！　敵襲！　敵騎兵の接近だ！」と叫んだ。

結果から言うと、それは間違いだった。

野営地を襲ったのは敵軍ではなく、三つ首狼や獅子熊、黒翼蛇に泥灰猪《どろばいいのしし》といった森の魔物の大軍であったからである。

狩人たちが、一晩中探しまわり、臭いで操って集団とした、苦心の産物にして即席の魔物の軍勢である。

数十体。

いずれも身の丈がヒトの数倍はある、肉食の、おそろしい野生の獣だ。

森を飛び出し、馬よりも速く草原を駆け抜けた魔物たちは、野営地を囲む柵をいともたやすく破壊し、その内側に突入する。なんとか止めようと飛び出てきた兵を踏み潰し、逃げる者たちを追いかける。

野営地は、たちまち阿鼻叫喚《あびきょうかん》の地獄絵図となった。濃厚な血の臭いが周囲にたちこめ、悲鳴と絶叫があちこちであがる。

まだ寝ぼけ眼で起きてきた兵の幾人かは、事態を把握することもできず魔物の餌となった。一部の指揮官が懸命に怒鳴り、逃げ惑う兵たちを叱咤鼓舞《しったこぶ》するも、焼け石に水。

そういった者たちの多くも、目立つが故に魔物に狙われ、その牙で蹂躙《じゅうりん》されることとなる。

さらに王都と学院の門が開き、騎兵を先頭とした部隊が飛び出てきた。

彼らは迷うことなく魔物とは別の方向から野営地に突入し、その中央、指揮官たちの天幕を目指す。

俺が打ち上げた魔法によるサインは、たしかに、王都と学院にそれぞれいた王族の誰かの目に留まったのだ。

ちなみにこの魔法は、残留魔力の強い場所、つまり魔術師が多く集まる場所から勝手に魔力を用いて発動するという、先日俺が開発したものである。

そこまでして、結局、空に光を描く程度のことしかできないというしょっぱい魔法なのだが……。

今回は、上手く役に立ってくれた。

なお姫さまからは、「その魔法については、秘匿を。是非とも秘匿を。おそらく、軍が高く買い上げますので」と切実な声で言われてしまっている。

これ、軍で運用したらどうせすぐ対抗魔法が開発されて無意味になると思うんだけどなあ。

買い取ってくれるなら、それはそれでいいけど。

別に軍が嫌いというわけじゃないし、俺の魔法で人が殺されるというのも、まあ冒険者時代にいろいろあったから特に思うところはないのだ。

この魔法ひとつで文明が発展するとも思えないし。

待てよ、これの応用で学院みたいな魔術師が多い場所限定の常在型魔導具を開発すれば……いやいやいや、いまそれは置いておこう。

草むらを移動中の俺は、立ち止まる。

南の国の一部隊が、姫さまたちの待機する丘の方に移動中だった。本隊からはぐれたのであろう、二十人ほどの兵士である。

いま、姫さまの護衛はクルンカと狩人数人だけだ。こいつらの相手はいささか骨だろう。

「仕方がない、やるか」

静音の魔法をかけて早足で接近し、兵士たちの周囲に霧生みの魔法をかけた。周囲が濃い霧に覆われて、兵士たちの足が止まる。

「怪しい霧だ。誰か、突風で吹き飛ばせないか」

「ちょっと待て……うわあああああっ」

背の高い草むらの中、蔓草《つるくさ》が蛇のように動いて、突風の魔法を使おうとした兵士たちの身体に巻きつく。周囲の蔓草は意志を持った生き物のように、次々と他の兵士たちにも襲いかかった。

悲鳴をあげる者、暴れる者、「魔物だ！」と見当違いのことを叫ぶ者などで隊列がおおいに乱れ、混乱する。

俺は幻の魔法を自分にかけて兵士のひとりに扮《ふん》し、蔓草に四肢を拘束された手頃な相手を斬《き》りつけた。血しぶきが舞い、更なる悲鳴と怒号があがる。深い霧の中、お互いが同士討ちを始めるまで、あっという間であった。

「思ったより効くな、蔓草繰りの魔法」

大賢者さまのご用意された基礎魔法にはないが、それなりにポピュラーな魔法である。主に狩人が森の生き物を足止めするために使う魔法だ。こういった背の高い草が生い茂る一帯でも使えるため、汎用性が高い。

ただ、まあ。専業兵士や徴兵された者たちには、馴染みがない魔法だろう。

彼らにとっては汎用性が低く、習得の優先順位が低く、それを見ることも少ない。蔓草など剣で断ち切ればそれで終わりである。ヒトが相手では、たいした足止めにはならない。統率された集団であればなおさらである。

だから霧で分断し、兵士に裏切り者が交じっていると思わせてかく乱した。

あとは、彼らで勝手に消耗してくれてもいいのだが……。

「散り散りになって逃げられても厄介だしな」

背を向けて逃げようとする兵士に向かって雷の槍を放つ。槍は背中から胸もとを貫き、兵士は断末魔の叫びをあげて倒れ伏す。

その絶叫に気づいて、聡《さと》い数人が争いをやめ、互いを背にして円になった。

だが魔術師との戦いにおいて、それは悪手だ。炎の矢弾を放ち、ひとりの頭に命中させる。兵士はかん高い悲鳴をあげて地面に倒れ、もがき苦しむ。

その様子にぎょっとして固まった兵士たちにも、次々と炎の矢弾をお見舞いする。

すべての兵士が地面に倒れて動かなくなるまで、さしたる時間はかからなかった。

◇※◇

「南の国の軍勢が、散り散りとなって逃げていきますね」

丘の上に立ち野営地の様子を観察していた姫さまが、胸をなで下ろして、野営地からこっそり戻ってきた俺に告げる。

姫さまの胸もとに抱かれた黒猫が、こちらを見て、なーご、と親しげに鳴いた。

ひとつ間違えば、動いてくれた狩人たちや、狩人と共に行動していた学生たちに身の危険があるような作戦だった。

誘導をミスったり、タイミングを間違えたりすればすべてが水泡に帰するような、きわどい手であった。

俺も全力でサポートしたのだが……うん、正直、もう二度とやりたくないよ、こんなやりかた。

暴れた魔物たちをどう処理するかも含めて、後始末がたいへんである。

「臭いの魔法については、もう隣国にも広まっているでしょう。いまさら規制はできない以上、同じことをやられる可能性がありますね。対策を練る必要があります」

「そのあたりは、上の方で勝手にやってください。何なら、臭いを消す魔法や風向きを変える魔法を開発すればいいでしょう？」

「あなたに、その役割を担っていただけると……」

「興味が湧きませんねえ」

あんまり面白そうじゃないんだよな、そういうの。もっと気ままに研究をしたいんだ。

そんな本音を思わず漏らしたところ、姫さまが、じとっとした目で睨んできた。

「あなたは本当に自由ですね」

「そんなに褒めないでくださいよ」

「皮肉です」

「知ってます」

にこやかに、笑い合う。眼下では、未だ敵国の兵が逃げ惑い、悲鳴をあげていた。

彼らのことは気の毒だと思うが……いやこっちを侵略しに来た奴らのことなんて知らん、でいいか。

何はともあれ、俺の平穏さえ守られれば、それでいいのだ。


王都を巡る戦いは、かくして終わった。

王都から出撃した部隊は敗走した敵軍を追撃し、大きな打撃を与えたとのこと。

しばしののち、王家は勝利を宣言し、南の国は魔物を用いた卑劣な戦術を声高に非難した。

逆侵攻、とまではいかなかったものの……。

まあ、その先のことは、俺の知ったことじゃない。

学院の安全は確保され、俺は平穏な日常を取り戻した。いまはただ、それだけでよかった。

大賢者の弟子の日常講義　その二

学院の第九小講義室の教壇に立って、たったひとりの生徒と向き合う。

クルンカは笑顔で手を挙げた。

「先生、今日はわたしから質問していいですか」

「構わないよ。何か知りたいことが？」

「南の国の兵士も、みんな魔法を使っていましたよね。大賢者さまのご用意された基礎魔法って、誰でも使えるんですか？」

「実にいい質問だ。結論から言うと、全員じゃない。ただ魔法の素質は親から子に、高い確率で受け継がれる。魔法を使える者たちにとって有利な環境が長く続けば、必然的に魔法を使える者たちだけが生き残るというわけだ。特に辺境では、そうなりやすい。だからこの国や南の国では民の多くが魔法を使えるし、軍人の子が軍人になることで、兵の全員が魔法を使えるような軍が生まれる。

実は、これは大陸の中央ではまた話が変わってくるんだ。そういった国では、この国ほど軍が精強ではないかわりに、安価で使い捨てやすい貧民が軍に入って糊口《ここう》を凌《しの》ぐ手段とする、とかね。他にも……すまない、脱線した。何の話だったか」

「大賢者さまの魔法は、この国ではだいたいのひとが使えるけど、他の国では必ずしもそうではない、って」

「うん、そうだな。そもそもの話になるけれど……」

俺はクルンカに歴史の講義をした。

ずっと昔、魔法はごく一部の特権階級だけが使える特別な技術であった。

三百年前、大賢者によって魔法は解析され、解体され、一般化された。大賢者さまのご用意された基礎魔法である。

二百年前には、百人にひとりが初級の魔法を使える程度のものになっていた。

百年前、魔法はヒトの技術としてさらに広まり、十人にひとりはなんらかの魔法を使えた。

加えて、都市部に住むほぼすべての者が魔道具の恩恵を受けていたという。

人々は団結し、各国が外敵との戦いに専念することで、ヒトは大陸のあちこちに広がっていった。

ときに揉《も》め事《ごと》も起こったが、最終的には大賢者の仲裁を受け入れることがほとんどで、ヒトは内部で争うのではなく外の敵と戦うためにちからを合わせた。

「この歴史と、先ほどの話を合わせてみよう」

「えっと、つまり、生きるためには大賢者さまのご用意された基礎魔法を使えることが有利で、だからそういう人たちの血筋が生き残りやすくて、いまのわたしたちに繋がっている……そういうことですか」

「うん、そういうことだ。何かの一般化、というのはこういう形でヒトの生存を左右してしまう。実際のところ、大賢者さまのご用意された基礎魔法を使えなくても、それ以外の魔法を使えるヒトもいたはずだ。でもそういった人々は、個別に自分たちの魔法を術として磨いていかざるを得なかった。それは、大賢者さまのご用意された基礎魔法を使える民との争いにおいて、大きなハンデになった」

「そう、ですよね。大賢者さまのご用意された基礎魔法は、子どもでも扱えるくらい簡単なものだっていっぱいあります」

「とはいえ、魔道具の存在もある。いまの時代、大賢者さまのご用意された基礎魔法を使えなくても、日常生活にはさして支障がないと言える」

「はい。軍でも守りの指輪とか、風避《かぜよ》けのペンダントとかは支給品です」

「火をおこす魔道具なんかは、民に重宝されているね。ヒトは大賢者さまのおつくりになった魔道具をもとに、さまざまな技術を発展させた。――大賢者さまが存命のうちは、それでよかったんだ」

五年前、大賢者がこの世を去った。

各国は際限なく争い始めた。

大賢者が広めた魔法の力は、相手国の民を傷つけるために使われた。

多くの都市が灰燼《かいじん》に帰し、多くの民が魔道具の恩恵を失い荒野を彷徨《さまよ》うこととなった。

技術が常に前に進むとは限らない。

それはヒトの不断の努力がなければ、あっという間に衰退し、退行してしまう。

「学院の理念のひとつは、その不断の努力を集積して、更に発展させることだ。俺も、この理念はすばらしいと思っているよ」

それは、本心だった。

だからこそ……この地を守らなければならないのだ、と改めて思うのである。

間話　水浴び大好きメリアちゃん

わたし、クルンカは、十二歳。学院の学生だけど、成績は上の下といったところ。上の方には本当の天才がごろごろいて、とても敵《かな》わないとよく理解している。自分は所詮、平凡な頭しか持っていないと。

そんなわたしが先生の唯一の生徒になったのは、イーメリア王女殿下のはたらきかけがあったからだ。

わたしは軍人の家に生まれたが、ちょっと体質に問題があって、軍人にはなれないと言われた。魔法を使うと身体《からだ》がピカピカするから。

ただそれだけで、わたしは家業への道を断たれた。

わたしの体質はそうとうに珍しいけど前例がないものではない、という感じだったらしくて、学術的に極めて興味深い、と学院の有力な教授からお手伝いの依頼が来た。

お手伝い、というか実質的には実験体である。

両親と祖父母は、困った末に、ツテを頼ってイーメリア王女殿下に相談した。そして王女殿下は、わたしを守るため、先生のもとへ送り込んだというわけである。

そんなわけで、わたしは王女殿下とちょっと顔見知りである。

だから、課外実習の助手として先生についていったら王女殿下がメリアと名乗ってしれっとそこにいたことに、とってもびっくりした。思わずピカピカしかけた。

けど先生は平然としているし、メリアちゃん十五歳はわたしに悪戯《いたずら》っぽく片目をつぶってくるしで、空気を読んで懸命にピカピカを我慢した。

先生、知っていたら教えてくださいよ！　と思ったけど、先生は本当に知らなかったらしい。姫さまが独断で王宮を抜け出しただけ、とのこと。

わあっ、このひとめちゃくちゃ問題児だーっ！

とっても美人さんでとっても賢くて、とっても恩義のあるひとだけど、このひとの側付《そばつ》きさんたちは苦労しているんだろうなあ、としみじみ思う。わたしも形式上、一時的に側付きさんになってるらしいんだけど、それは気づかなかったことにしておく。

で、課外実習の一日を無事に終えた後、わたしはそんなただの学生であるメリアちゃんと共に、キャンプ地近くの川で水浴びした。

何も知らない学生もいっしょだから、迂闊《うかつ》なことは何も言えない。

狩人《かりゅうど》の子であるという彼女は、メリアちゃんの裸を見て「わあ、とても綺麗《きれい》ですね。透き通るほど白いです。まるでお姫さまみたいです！」と呑気《のんき》なことを言っている。わたしは曖昧に笑うことしかできなかった。

「メリアちゃん、お貴族さまですよね。婚約者さん、いるんですか？」

うわあ、この子ぶっこんできたぞー！

学院では貴族も平民も、そして他国の者も、皆が平等である、という建前になっている。

だいたいにおいてその建前は守られているのだけど、でもそれを不快に思う貴族とかもいる、とは聞いていた。

実際に貴族の子と軍人の子が派閥をつくって対立していたりするのを見たこともある。わたしは努めて、そういうのに関わらないようにしているんだけど。

この狩人の子は、そういう争いとかが全然目に入らないのか、それともあえて完全に無視しているのか……天然っぽいからたぶん前者なんだろうなあ。

学生のフリを続ける姫さまは、「そうですね、残念ながら、現在のところこれといった方は……」と返事をしつつ、木桶《きおけ》に汲《く》んだ冷たい水を魔法で温めて、身体を流していた。

うーん、魔法の使い方が器用。ちょっと真似《まね》してみたら、身体がピカピカしてしまった。全裸で輝く女の子はだいぶ不審者じみている気がする。

「それじゃ、教官のことが好きなんですね！　お昼も、ずっと教官のことを見てましたし！」

そんな中、狩人の子がすごい一撃を放ってきたので、思わず木桶を取り落としそうになる。

「わっ、クルンカちゃんだいじょうぶ？　すごい輝いてるよ！」

「え、ええと、だいじょうぶ、だいじょうぶ……あはは」

「そうですね、教官は、好ましい方だと思っておりますよ」

「え、え、えええええっ」

姫さまが、少し上気した顔でそんなことを言うので、わたしは思わず驚愕《きょうがく》の叫び声をあげていた。

「ですが、あの方にも好みというものがあるでしょうから」

「そんなことないと思うなー。教官、メリルちゃんのこと、すごく優しい目で見てるし」

「きっと、知り合いの子どものように思っているのでしょうね」

姫さまは、ぼそりと呟《つぶや》く。

微笑《ほほえ》んでいるのに、何故《なぜ》だかちょっと悲しそうに見えた。

第二話　増殖する偽者の弟子

王都の手前まで攻め込まれても、学院には幸い、まったく被害がなかった。

すべては、緊急時に高くそびえ立った氷の壁のおかげだ。

その学院内部、以前と同様の少しお高い酒場にて、俺は昼間から飲んだくれていた。

「やってられんよ、もう。結局、残留魔力に関する研究は全部、軍を通さなきゃ発表できなくなっちまった」

対面の小柄な女性、エリザ女史が、苦笑いして葡萄酒《ぶどうしゅ》の杯を傾ける。

テーブルの下で床につかない足をぷらぷらさせていて、相変わらず外見は幼い少女にしか見えない。

この酒場じゃ、ようやく彼女の存在が認知されたのか、最近は新しいウェイトレスでもない限り何も言われなくなったらしい。

今回は彼女のおごり、ということになっていたから気兼ねなく存分に呑《の》ませて貰《もら》おう。

彼女としても、俺はただ数名の学生に野外での行動のノウハウを教授するだけのはずが、何故《なぜ》か姫さままで参加して、ついでに戦に巻き込まれてしまったことに思うところがある様子である。

学院が陥落したら、彼女も殺されるか、奴隷になるか、どちらにしてもロクな未来はなかっただろう。

今回、俺はいろいろと目立ちすぎた。

最近、半分以上趣味でやっていた残留魔力に関する研究まで軍に目をつけられてしまった。

「そりゃあ、あれだけ華々しい戦果を上げれば当然じゃないかね。この国の軍がぼんくら揃《ぞろ》いじゃなくて幸いだった、と思うべきだろう」

「あの程度の魔法、すぐに対策魔法が出てくるさ」

「そうかもしれないね。だが、その間は他国を震え上がらせることができる。時間を稼げるということだ。外交で国家間のバランスをとることで大国に対抗している我が国にとって、とても重要なことだよ」

なるほど、時間を稼げる、か。言われてみれば、そうなのかもしれない。研究者としての俺は、どうもそういう、短期的な視点で物事を見ることに慣れていないのだ。

「いろいろ面白い現象が観測できたんだがなあ。残留魔力の対流を利用して魔法を発動させると魔力感知でも気づかれない場合があるとか、地面近くで滞留している魔力に働きかけることで一部の魔法を地中に浸透できるとか……」

「待ちたまえ、きみ。こんな席で爆発の魔法を炸裂《さくれつ》させるような真似《まね》はやめるんだ」

「これくらい、データを見ていればすぐ気づくだろ」

エリザ女史は、とてもとても大きなため息をついた。

「きみは、自分がヒトより少々データを解析する能力に長《た》けていることを認識するべきだよ」

そうだろうか。昔の同僚もこの程度なら普通にできたんだけどな。

いやまあ、そうか。いまじゃあいつらも、俺と同様、大賢者の弟子、というたいそうな称号を得てしまっているのだった。

どうもそのあたり、こちらの感覚が麻痺《まひ》しているような気がしてきた。

少しだけ……そう、少しだけだ。

「そんな、おかしいなあと言わんばかりに頭を掻《か》くんじゃないよ。うん、わたしにもだんだん、きみのことがわかってきた気がするよ。地頭はいいのに、根本的なところでそういう感覚が鈍いのは……人付き合いが苦手なのか、それとも根本的なヒトへの苦手意識を持っているのか。研究者によくあるように、後者のような気がするね」

「おいおい、俺のことをそんな人嫌いみたいに言わないでくれないか。確かに社交界とかに出ているお貴族さまみたいなことは天地がひっくり返ってもできない気がするが」

「だろうね。聞いたところによれば、大賢者さまもそういった社交的な場は苦手としていたそうだ。それが悪い、というわけじゃないよ」

ああ、うん、師匠はそういうの本当に苦手だったね。どれくらい苦手って、師匠そっくりの自動人形をつくって社交の場に出していたくらい。

王さまとかに対しても、その人形で対応していたんだぜ。本気で誰も気づいていなかったから、たいした精度の人形だったんだろうが……。

このあたりは、弟子の間だけの話にしよう、ということになっているんだけどさ。

「この学院の教授連中だって、似たようなものだ。きみも知っているだろう？」

「知っているよ。人に面倒な仕事を押しつけて、酒ひとつでチャラにしようって輩《やから》がいることもな。……この、一角羊の肩ロースステーキって頼んでいいか」

「好きに頼みたまえよ。金の心配はしなくていい。教授会から、経費で落としていいという言質は取ってある」

経費で落ちるんだ⁉　え、じゃあ俺、もっと豪快にいっちゃうよ。

「ただし、食べられる分だけにしたまえ。まったく、三十も半ばだろう、きみは」

「え、も、もちろんだよ？　自分の胃袋の大きさはよく知っているよ？」

「別に貧乏な生活をしていたわけでもあるまいに、食い意地の張ったことだ」

「人のおごりだからこそ、うまいんだよ」

「いい性格をしているね」

そんなに褒めるなよ。いやまあ言い訳すると、研究に夢中になると何も食べなくなるから、たまにこういうところで豪勢にやりたくなるというのもあるのだ。

普段は、食欲より知識欲が大きくなりすぎているのが研究者というものである。ちなみに俺よりもっとヤバい奴《やつ》になると生理機能すら忘れて研究に夢中になり、ズボンの中で漏らしていたみたいな話を平気でする。

さすがの俺もドン引きだ。俺はせいぜい、徹夜しすぎて気絶したとか、腹が減っていることに気づかなくて餓死しそうになったとか、そういうのが年に数回ある程度なのだから。

自分の理性に感謝するぜ。やっぱり、ヒトとして大切な一線は守らないとなあ。

「常識がない輩ほど、自らのことを常識人だと思っているものだ。いや、これは自戒でもあるがね」

エリザ女史が、俺の顔を見て何か言っている。

はっはっは、常識の塊みたいなこの俺に対して何を言ってるのかまったくわからんなあ。

琥珀《こはく》色の蒸留酒を、ぐいと喉に流し込む。熱い。女史が、また大きくため息をつく。

「多少は自覚があるようだから、まあ、これ以上は言わないでおくとするよ。こんな席でしみったれた説教なんてする女は婚期を逃すものだ」

「え？」

「何だね、その目は。わたしも研究に人生を捧《ささ》げているとはいえ、人並みの願望くらいはあるさ。同じ年の友人は、皆、もう子どももいるしね」

唇を尖《とが》らせて、抗議してくる。いや、うん、子どもが機嫌を損ねているようにしか見えないんだけど……まあ、そういう趣味の男もいるとは聞くしな。

でもそういう趣味の男って、上から目線で説教されるの嫌いそう。彼女の今後に幸があらんことを。

「何か言いたいことがあるなら、はっきりと言いたまえよ」

「別に何も。あえて言うとするなら、この学院の教授連中に人並みの願望があると思ってなかっただけだ」

「きみに言われると、ひどく理不尽な感じがあるね。実際のところ、家庭を放っておいて結婚生活が破綻する教授連中は実に多いわけだが……」

そりゃ、そうだろうな。だいたいあいつら、王都に家がある奴でもろくに帰宅しないんだもの。この学院の中だけで衣食住が完結してしまっている弊害ではある。

ちなみに既婚者といえども、学院内で育児をすることはできない。これは主にセキュリティのためだ。

でもなあ、だからこそこの学院から離れがたいという気持ちも強いんだよなあ。

俺が、何としてもこの地を守るべく動いた、その理由のひとつだ。ここ以上の研究環境は、現在のこの大陸には存在しないだろう、と。

別の日。俺が同じ酒場のカウンターで呑んでいると、隣にひとりの学生が座った。

そちらを見れば、はたしてメリアと名乗る謎の女学生であった。今日は、きっちりと学院の制服を着こなしている。完全に学生のフリをしているつもりらしい。

バーテンダーは、彼女の胸もとに輝く成年の証《あか》しをちらりと見て、ちいさくうなずいている。学生でも、十五になればここへの出入りは自由なのだ。エリザ女史は普通にそれ以下に見えるんだけど。

で、彼女は平然とした様子で果実酒を頼んだ後、こちらを見てにっこりとする。

「その変装、気に入ったんですか」

「ええ、とっても」

「立場上、いろいろ不自由があることはお察しいたしますが」

「それに、こういう格好でなければ言えないこともあります。先日のお礼とか」

先日の南の国との戦の話だ。公式には、あれはすべて聡明《そうめい》なるイーメリア王女殿下の手柄となった。

彼女は南の国の侵攻をいち早く察知し、一計を案じて森に隠れた。続いて、そのカリスマ性でもって狩人《かりゅうど》たちを束ねた上で、臭いの魔法を駆使して魔物たちを集め、敵軍の野営地に突入させたのだ。

何かすごい名軍師が誕生してる気がする。歴代の王族でも随一の才女と言われる彼女でなければ、盛りすぎと言われても仕方がない活躍っぷりである。

俺にとっても、この形がいちばん、都合がよかったのだ。

戦に勝利したなどという栄誉は、これっぽっちもいらない。人を殺したことで褒められるのは、もう飽き飽きだ。

これが何かの魔法を発明したとかなら、それはたしかに俺の手柄にして欲しいけど。

今回、これほど上手《うま》くいったのは偶然が重なったからだし、きっと次に同じことをやれと言われても、上手くはいかないだろう。

そのあたりのことは、きちんと目の前の少女に説明してある。あの作戦を思いついたきっかけとなる、彼女の母も参加した、ずっと昔の戦いのことも。

彼女もそれで納得してくれた。そのはずだった。

「改めて、ありがとうございました。あなたのおかげで、我が国は救われました」

「俺なんかがいなくても、最終的にはなんとかなったでしょう」

「ええ、最終的には。ですがその前に、多くの血が流れていたことでしょう」

それは、そうかもしれない。俺があのとき全力を尽くしたのは、俺が知る者たちに誰ひとりとして死んで欲しくなかった、というわがままからだ。

「わたくしは、あの危機に際し、あなたが積極的に立ち向かってくれたことを、とても嬉《うれ》しく思っております」

「嬉しい、ですか？」

「ええ。以前のあなたは、ともすればふらりと、どこかへ出かけていって……それきり、二度と戻ってこないのではないかと、そう感じさせるような気配をまとっておりました。いまは少し違います。この国が、この学院が、あなたにとって大切な場所であるが故に、あのときあなたは、この地を守ろうと動いた。そのように感じるのは、わたくしの傲慢でありましょうか」

俺は少し考えた末、素直にうなずいた。

「いまの俺は、この地を離れがたく感じています。よほどのことがなければ、この地で研究を続けていたい。そう思っています。ただ、ひとつだけ誤解は解いておきたい」

「誤解、ですか」

「かつての戦友の娘が、心を痛めていた。その姿を見て、少しばかりちからになりたいと感じたのですよ」

少女は、少し驚いた様子で、固まってしまった。澄んだ蒼《あお》い双眸《そうぼう》が、じっと俺を見つめてくる。

かつてのあいつを、この子の母親の若かりし頃を思い出す。

「何ですか。俺の言葉が、そんなに意外ですか」

「母の言葉を、思い出しました」

「あいつは、俺のことをなんて言ってたんですか。どうせ、頭でっかちで理屈ばかりの偏屈者、とかでしょうけど」

「そうとも言ってましたね」

姫さまは、くすくす笑う。やっぱりかよあんちくしょうめ。

「ですがそれと同じくらい、『どこかの誰かのために戦うための理屈を探している人だった』とも」

「何ですか、それは」

「ですが実際に、あなたは戦ってくれました。わたくしごときのために」

王女さまが、わたくしごとき、とか言っちゃダメなんじゃないかな。いや、違うか、いまこの姿だから、彼女はそう言っているのか。

「あなたは、嫌なんですか、いまの立場が」

「そのようなことは、けっして。ですがたまに……そう、母の昔話を思い出すようなとき、考えてしまうのです。どこか別のところで、自由に旅をしている自分が、もしかしたらいるのではないか、と」

いまの自分ではない自分、か。

もしも、という選ばなかった選択。そういったものを考えてしまうことは、別に不自然でも不健全でもない。

誰だって、すべての選択に納得し、まったく後悔しない生き方などできないものだ。

「あなたは、わたくしの身分を見て助けたのではなく、わたくしだけを見て助けてくれました。そのことを、とても嬉しく思います」

改めてそう告げられ、笑いかけられる。俺は気恥ずかしさを覚えて、視線をそらした。

杯を手にして、酒を呷《あお》る。強い酒精が喉を焼いた。

「どうか、これからもよろしくお願いいたしますね」

「それは、あなたの立場上の話ですか。それとも、一個人として？」

「両方、ですね。ですがどちらかといえば、わたくしをわたくしとして見てくれる者がこの地にいること、その事実だけで、とても嬉しくなるのです」

俺はため息をつく。

別に、彼女の言葉にほだされたわけではなく、ただ少し思い出していた。かつてのチームが解散したときの、彼女の母の言葉を。

「互いの道は分かれても、わたしたちは友だ。皆が、皆を見ている。わたしも、皆の活躍を見守っている。そのことを、いつも忘れないでくれ」

と。

「あなたはたしかに、あいつの娘だ」

「まあ、それは褒めているのですか」

俺はその言葉に返事をせず、もう一度、杯を呷る。

酒が、うまい。

◇　※　◇

南の国との争いが一段落した後、王宮に呼び出され、いつもの応接室で姫さまと顔を合わせたとき、違和感を覚えた。

すぐに、その理由に気づく。姫さまのそばに立っている側付《そばつ》きの少女ふたりのうちひとりが、知らない顔だったのだ。

俺の視線に気づいた姫さまが、陰鬱な表情で首を横に振る。

もうひとり、顔なじみの方の側付き――こちらはいつも俺を睨《にら》んでいた子なのだが――は、口を開いて何かを言いかけ、それから気まずそうに視線をそらした。

「メルベルをいじめないでください。彼女に非はございません」

「あー、いや、別にあえて聞きたいわけじゃないのですが……」

というかこの子、メルベルっていうのね。初めて名前を聞いた。

「南の国の密偵が入り込んでいた、という話はいたしましたね。思った以上に問題の根が深かった、ということなのです」

「ひょっとして、ここでの会話が南の国に漏れていた、ってことですか」

「現在、一族郎党を拘束し、そのあたりの確認を取っているところです。これは彼女の実家が他国に接近していたことに気づかなかったわたくしの責任です。場合によっては、王家を代表してお詫《わ》び申し上げることとなるでしょう」

いや、お詫びとかはいらないから……そういうの本当にいいから……そうか、あの側付きから漏れていた可能性、ねえ。

彼女にどれほど悪気があったかはともかく、他にもいろいろ情報が漏れてたんだろうな……。

一族郎党を拘束、ということは親から命令を受けていたのか。

頭の中身を洗いざらい調べる魔法、というものがある。難易度の高い魔法で、発動まで何十時間もかかるが、拷問より簡単に情報の真偽を確かめることができる。

代償として高い確率で対象の脳の機能を著しく破壊してしまうが故に、一般的には禁術に指定されていた。

百年と少し前に生まれたこれは、当時としては数少ない大賢者以外が開発した魔法で、しかし大賢者が強く嫌悪を示した、と公式の記録にある。

そのあたりを彼女とその一族に片っ端から使っているとしたら、時間がかかるのも無理はない。

でも参ったな、畑の肥料のことは、南の国の経済が立ち行かなくなった原因のひとつなんだよな。

つまり、あの戦のとき、俺自身も南の国に狙われる対象のひとつだったということである。場合によっては、今後も俺の命が狙われ続けるということだ。

最悪すぎる。軽い目眩《めまい》を覚えた。

「念のため申し上げておきますが、これはあなたの身が危うくなる、という話ではありません」

あれ？　俺の表情を見て、なんか姫さまも、きょとんとしている。ひょっとして、認識の齟齬《そご》がある？

「もとより、魔法の開発者は学院の公式記録に名前が載っております。正式な手続きを経れば確認が可能です。その状態で、あなたはこれまで身の危険を覚えていなかった。そうでしょう？」

「それは、そうですね」

「わたくしどもがお詫びしなければならないのは、せっかくあなたがつくりあげた発明や魔法式が、正当な金額が支払われず南の国に流れてしまうという点についてですよ」

「え、ああ……学院の成果はこの国の中なら相応の金額を払えば習得できるけど、他国では……」

「ええ、大賢者さまの定めた正式な手続きを経る場合、国と国の間でも、技術指導という形で金銭の授受が行われます。ですが南の国に流れた技術については、その保証がございません。南の国を通じて、あなたの技術は多くの国々に伝わるでしょう。ですがそれによる報酬を、あなたが得ることはできません。この損失について、わたくしどもは何も手を打つことができません」

なるほど、ね。俺は思わず、笑ってしまった。

姫さまが、これまで見たこともないような珍妙な顔になる。わけがわからないと驚いている様子である。

「それは、どうでもいいんだ」

「はあ」

「失礼。そのあたりは正直、どうでもいいのです。わたしは研究ができればいい。そのついでに、生活が安定するならなおよろしい。お金なんて、その程度にしか考えておりません」

「欲がないことですね」

「大賢者さまだって、無償でヒトに知識をお与えになりました。ヒトがいまこうして大陸の覇者でいられるのは、その知識のおかげです」

かつて、俺は師に問うたことがある。

「何故、あなたはヒトにこれほどよくしてくれたのですか。あなたは何も貰っていないのに、ヒトに与えてばかりではないですか」

大賢者は笑って、こう返事をした。

「わたしは皆から、多くのものを与えて貰ったよ。たとえば、病で死ぬはずだった子が生き残り、笑って駆けまわる。その光景を眺めて、わたしはとても嬉しく思うのだ」

その気持ちは、俺にも少しはわかる。かつて犬亜人たちに囲まれた村を死力を尽くして守り抜いたとき、村人たちに感謝され、村の子どもたちの笑顔を見て得た喜びと、きっと同じようなものだろう。

だが大賢者は、それを三百年に亘《わた》り続けてきたのだ。

ずっと、ずっと……。

見返りが、ただ笑顔だけで？

それはきっと、あの方の本心だったのだろう。

尊敬するべき人物だ。素晴らしいことだと理解はできる。

その背中が、はるかに遠い。

どれだけ歩んでも、あの方に近づけたような気がしない。

「わたしは大賢者さまのようにはなれません。世俗に染まったヒトのひとりです」

だが、そんな欲に染まったヒトであっても、大賢者に近づく努力をすることはできるに違いない。

そう思う程度には、あの方の、ありし日の背中に感化されてしまっている己を感じる。

「よろしいのですか。南の国に対する圧力をかける意味も含め、抗議することはできますが……」

「そのあたりは、お任せします。国にとって必要なことであれば、適当に利用してください」

「かしこまりました。では、そのように」

紅茶をひと口、口に含んだあと、姫さまは話を続ける。部屋の隅でじっとしていた黒猫が俺のそばにやってきたので、抱き上げて背中を撫《な》でた。黒猫は気持ちよさそうな鳴き声をあげる。どうやら先日の一件で、ずいぶんと俺に懐いてくれた様子である。

「もうひとつ、お話ししておくことがございます。南の国が短期間で国境の砦《とりで》を突破し、我が国の中枢まで駆け抜けることができた、そのからくりについてです」

「わたしが聞いてよいことなのですか」

「是非ともお耳に入れたいことです」

聞きたくないなあ。だって、ロクでもないことでしょ、どうせ。

とはいえ、拒否権はなさそうだ。俺は彼女に、先を続けるよう促す。

「南の国は、近年になって開発された魔法を用いて、これを実現させました。早足の魔法、と我々は仮に呼んでおります。少ない魔力で兵の脚力だけを強化し、同じ方向にまっすぐ進ませることができるというだけの魔法です。この魔法について、ご存じでしょうか」

ああ、知ってる知ってる。

「わたしのように冒険者あがりの研究者がずっと以前に戯れに開発した魔法ですね。わたしも試してみましたが、とにかく汎用性が低いんですよ。一度、魔法をかけたら足を止めてはダメ、道を逸《そ》れても曲がってもダメ、警戒して周囲を観察することすらダメ、戦うなんてもってのほかで、しかも魔法が切れた後は疲れ果てて、半日くらい使い物になりません。欠陥魔法もいいところです。冒険者なら、誰だってこんな魔法は無駄だって断言するでしょう」

俺とクルンカが戦った奴らは、それほど疲れている様子はなかった。だからあれは、後から来た部隊だったのだろう。

元気な部隊がゆっくりと追いかけ、先発の部隊に合流して、万全の態勢で城攻めを行う……そういう手はずだったに違いない。

「ですが、軍においては有用でした。兵を効率的に運ぶ、という用途においては無類のちからを発揮するのです」

「それがかかっていることがわかっていれば、途中で適当に奇襲をひとつかけるだけで崩せますよ。後には疲れ果てて剣も握れない兵が残るだけです。簡単に潰せます」

してみると、あのとき俺たちが見た野営地の中の兵たちは、疲れ果てていたのか。少しちょっかいをかけてみるのもアリだったのだろうか。

「ですから、あの侵攻はただ一度限りで、我々の側の情報を遮断することでのみなし得たものでした。宮中の密偵が情報の伝達を遅らせ、我が国の中枢が侵攻に気づいたときには、もう目の前に敵の姿があったのです。王も、将軍たちも、ひどく慌てたと聞きます。無理もありません。どんな想定においても、あれほどの進軍速度を出せる兵法はなかったのですから」

一回限りの奇襲、しかも相手の目をくらませておいての。

冒険者のセオリーとしても、そういうものは存在する。敵の嫌がることをやって、敵の意表をつくことで勝ちを拾うというのは、納得できる戦い方であった。

正直、この国の全員が南の国をナメてたってことなんだよな。

俺もめちゃくちゃナメてたんだけどさ。

だって学院の存在価値を否定するような奴らなんだぜ。

うーん、これは俺のよくないところかもしれないな。

俺の価値観にあてはまらない判断基準で動く相手だからって、すべてにおいて馬鹿というわけではない。彼らはただ、別の価値基準で動いているというだけで、だからこそ俺の予想もしないところから一撃を繰り出してくるのだ。

冒険者時代にも、そういうことはよくあった。

魔法も使えない野蛮な巨人族が相手だから、ってその勢力圏で断崖絶壁の途中の岩棚で野宿したら、ほぼ垂直のその壁をよじ登って襲ってきたりな……。

あのとき、そう、目の前の少女の母は、鎧《よろい》もつけずに剣一本だけで巨人族に立ち向かい、危うく崖の下に落ちそうになっていた。

というか実際に巨人もろとも岩棚から飛び降りかけたところを、俺がギリギリのタイミングで牽《けん》引《いん》の魔法をかけて、その身を引っ張ることで九死に一生を得たのだ。

「なにやら、嬉しそうですね。いまの話のどこに楽しい要素がありましたか」

俺の心中を読んだかのように、姫さまがジト目で睨んできた。おかしいな、顔色を隠す魔道具は今日も使っているんだけど。

あ、黒猫が俺のもとからするりと逃げ出し、姫さまの胸に飛び込んだ。白いドレスに顔をうずめている。

「この国は、もう二度とそんな手に引っかからないでしょう。それでいいのでは？」

「この件については、おっしゃる通り、きちんと対策を打ちます。ですが、今回の出来事で我々は強く認識いたしました。世の中には、まだ我々が知らない魔法が星の数ほどあるということ、そしてそれらのいくつかは軍事に適切に利用することで、決定的な戦果を得ることができるということです」

「そりゃ、大賢者さまがお隠れになってからまだ五年ですから」

大賢者がヒトに知識を授けていた間も、個々人の工夫がまったくなかったわけではない。早足の魔法、などもそのひとつである。

ただまあ、そういったものが軽んじられていたのは確かで、早足の魔法を生み出した者も、自らのつくり出したものなど大賢者の知識に比べればちっぽけなもので、自分ごときが役に立つ魔法を生み出せるなどとはまったく思っていなかった様子である。

同時に、周囲の者たちも、大賢者以外の者が生み出した知識を一段低く見ていた。

あの方が失われてから、五年、それが少しずつ変わろうとしている。きっとこの状況こそ、大賢者と呼ばれたあの方が望んだ未来のひとつなのだ。

「あなたであれば、どの魔法が戦争に役に立つか、判別できるのではないかと考えたのですが……」

「正直に申し上げて、わたしに軍事の才能はありませんよ。たしかに、研究者としていまもさまざまな論文は読みます。知識はそこそこあるつもりです。ですが、それを実地で生かすことができる才能はまた別のものであることは、姫さまとのお話でもよく理解させられました」

「なるほど、臭いの魔法などですか」

「ええ、まさにそれなど、典型的な例です。わたしは、他人から指摘されるまで、あれを武器として用いることができるなんてこれっぽっちも考えていなかったのですから」

そこが、俺の欠点であり限界なのだ。先日の一件で、そのことは身に染みて理解させられた。

あのとき姫さまに反撃の作戦を提示できたのは、あくまで冒険者時代の経験と状況が偶然一致したからである。あのような幸運は、そう何度も起こらないだろう。

そうしたことを、丁寧に説明してみせる。ついでに姫さまの母のエピソードを挟み、彼女がいかに義侠心《ぎきょうしん》に溢《あふ》れ、いかに勇猛果敢だったかも語った。

姫さまは、なんか母のエピソードの方にやたらと食いついていたが……話をごまかすためのダシとして使ってしまって、申し訳ないと内心で謝罪しておく。

「話を戻しましょう」

あ、ごまかされてくれなかった。

黒猫が姫さまの胸もとから逃げようとしたので、側付きのメルベルが素早く割って入り、抱きかかえる。猫は抗議するような鳴き声をあげた。

「そうした軍事利用可能な技術について審査する機関を設立することになりました。わたくしは、その機関の長《おさ》としてあなたを推薦しようと考えていたのですが……」

「恐縮ですが、お断りさせてください」

そう言うと思った、という顔の姫さま。

ごめんよ、でも本当に、そういうの俺には向いてないから……それに、そんなことに時間を使っていたら、そのぶん研究の時間が削られてしまう。俺は本当にやりたいことのために、時間を使いたいのである。

そう、誰かのためではなく、俺自身のために生きると、大賢者の弟子としての経歴を放り投げたときにそう決めたのだ。

「わかりました。この件については、わたくしの方で処理しておきます。それでは……」

姫さまは、もう一度にっこりとしてみせる。

「先ほどの母の話、もっと聞かせていただけますか」

まあ、それはいいだろう。ちらりと側付きたちの方を盗み見れば、仕方がないなあとばかりに肩をすくめていた。黒猫は部屋の隅の椅子の上で丸くなっている。

では、と俺は語り出す。記憶の底から、二十年前の出来事を掘り起こして……。

その日も、夕方まで面会は続いた。

◇　※　◇

また後日のこと。

姫さまに呼ばれて、王宮に赴くのもこれで何度目だろうか。

益体《やくたい》もないことを考えながらいつもの衛兵に挨拶し、新しい側付きの方に案内される。いつもとは違う、少し広めの部屋に通された。

今日は姫さまの黒猫は不在で、かわりにふたりの王族が待っていた。

背を向けてこの場から全力で逃げ出したくなる。

「そう怯《おび》えなくてもよろしいのですよ。今日は少し、確認したいことがあるだけなのです」

魔道具で表情はカットしていても身体《からだ》の動きに感情が出てしまったかもしれず、それ故、姫さまがまっさきに口を開いた。

仕方がない、と頭を下げて挨拶の言葉をなんとか押し出す。豪奢《ごうしゃ》な部屋の飾りつけも、天井からぶら下がる白い魔法照明を生み出すシャンデリアも、こうなると牢獄《ろうごく》のように思えてくる。棚に並んだ貴重な写本の数々とて……あ、大賢者の複雑系魔法理論応用編があるな、あれ読んだことないからちょっと気になる。

いやいやいやいや、いまは、それはいいんだ。

勧められるまま王族たちの対面に腰を下ろし、側付きのメルベルが淹《い》れてくれた茶に口をつける。ミントの香りが鼻孔をくすぐる。ふう、少し落ち着いた。相手を信頼しているという印のこの儀式の後、姫さまが口を開く。

「わたくしはともかく、兄も弟も忙しい身です。さっそく本題に入りましょう」

姫さまが、左右に座る男性ふたりを紹介してくれる。

第一王子と第二王子であるという。知りたくなかったけど、とりあえず「お会いできて光栄です」と頭を下げる。

王子たちは苦笑いして「緊張することはない。あなたの業績はよく知っているつもりだ」と俺を持ち上げてくれた。

むず痒《がゆ》いし、このひとたちに気に入られたところでロクなことにならない気がする。ともあれ、まあ、雰囲気的に、俺を糾弾する感じではない……のか？

じゃあ何で、ここに王族が三人もいるんだ。姫さまだって何だかんだ忙しい身なのは間違いないだろうし、第一王子ってそもそも王太子だよね？

「大賢者さまの弟子が名乗りを上げたのは、ご存じですか」

その言葉に、俺は眉根を寄せた。

またかよ。

「今度はどこの国ですか」

「北方から二国、東方に一国」

同時に三か所で、三人が名乗りを上げたのか。大人気だな、大賢者の弟子。

どれも俺が知らないような小国だった。

大国が割れて、最近できた国々とのことである。大陸のあちこちで、最近はそういうことが多い。

まともな統治も国としての常識も期待できないところばかりが、よりにもよって大賢者の弟子を名乗る者を擁立して、体制を引き締めようとするとは。

「目に見える破滅に全力で突っ込むこともないでしょうに」

「彼らは本気で、大賢者の弟子がすべてをよい方向に導いてくださると信じているのかもしれませんよ」

「まあ、そう信じたまま縛り首になるなら、幸せなのかもしれませんが」

それにつき合わされる民のことなんて、どうせ考えちゃいないんだよな。本当に勘弁して欲しい。

「大賢者の弟子を名乗る者の数は、この五年間でついに二十人。大賢者さまはだいぶ多くの弟子を取ったのですね」

姫さまが、楽しそうにころころと笑う。左右の王子たちが、ドン引きした目で彼女を見ていた。

「そのうち十七人は名乗りを上げてから半年と経《た》たずに殺されてるわけですが」

新しい三人も、どれだけ保《も》つんだろうなあ。

ちなみに現時点の最速記録は、我こそは大賢者の弟子と名乗りを上げてから数時間で殺された七人目である。まあコレは国の行く末を憂いた家臣に暗殺されているから、マシな方であったりする。大賢者の弟子として名乗りをあげた者のうち十一人は、頭の中身を洗いざらい調べる魔法をかけられて廃人となった。

その者がいた国を滅ぼした大国が、自称大賢者の弟子の身柄を確保して、尋問の後、明らかに偽証であると判断したわけである。

「以前にも申しましたが、大賢者の弟子の名には、計り知れない価値がございます」

「だからこそ、国を滅びに導く災いとなる。そんなこと、わかっているだろうに」

「ですが、その名を騙《かた》ることによって短期的に得られるものもあります。身内同士の争いに勝利するための劇薬。例えば、そうですね。わたくしが大賢者の弟子を手に入れたら、王位継承権を巡る争いで優位に立つことができるでしょう」

何でそんなこと、王太子さまの前で言うの？　あ、姫さまの左右の王子たちが笑っている。

「我々、血を分けた兄弟は、このアホタレが王位なんてこれっぽっちも望んでないことは承知しているのだ」

「アホタレ呼ばわりは酷《ひど》いですね、賢いお兄さま。南の国の軍ごときに国境の砦を落とされるはずがない、と主張したのはどこのどなたでしたか」

「はっはっは、毎度毎度、この調子なんだ。きみにも迷惑をかけているだろう？」

王太子さまが笑って手を振る。あまり笑いごとじゃない気がするんだけど……？

「こんな妹だけど、母の友人だったというきみにはずいぶん甘えているみたいでね。よろしく頼むよ」

よろしくされても困るんだが……?

というかその話、この人たちも知ってるのね。

いや、まあ、そうか、彼らふたりもあいつの子どもか……あいつめ、いったいどんな話を彼らに吹き込んだのやら。

ちなみに王太子さまが十六歳、弟の第二王子がたしか十三歳のはず。

姫さまは十五歳で、あと他にもうひとりいる、あいつの子ども、第三王子はまだ七歳かそこらで、まだ政《まつりごと》には参加してない。

「まあ、ええ、仲がよくて何よりですよ。それより、今日わたしに話があるというのは、その……自称大賢者の弟子に関することですか」

「こちらをご覧ください」

姫さまが一枚の羊皮紙を差し出す。大賢者の弟子を名乗る者のひとりのプロフィールが、ざっくりと記されていた。

ええと……なになに。

「この経歴が本当なら、俺の知り合いですね。一時期、あなた方の母君と共にチームを組んでおりました」

「弟が、ちょうど先日、外遊の際にこの人物と会っていたそうです。その時点では、大賢者の弟子とは名乗っていなかったのですが……」

「こちら、ぼくが描いた、その方の似顔絵です」

今度は弟の方が、白い布地にカラフルに描かれた人物画を差し出す。うわあ、こりゃまた上手い。繊細なタッチで、ダンディかつマッチョな自信満々の中年男の笑顔が描かれていた。

これ単体で売り物になるんじゃないの？　と少年の顔を見れば、少し不安そうにドキドキしている。

「見事な絵ですね。たいした才能がおありだ。いますぐ額に収めて部屋に飾りたいくらいですよ」

「あ、ありがとうございます！」

「そこはいいのですよ、そこは」

姫さまにジト目で睨まれた。王太子さまも苦笑いしている。

ゴメンネ。でも知り合いの息子さんに絵の才能があったら、そりゃ褒めちぎりたくもなるでしょう。

「あなたの知り合いの方と似ておりますか？」

「知り合い、といってもチームを解散して以降、一度も会っておりませんが……別人、じゃないですかね」

最後に会ってから、二十年近くが経《た》っている。若い頃の印象なんて大きく変わってしまったに違いないのだが……。

俺は、その人物の身体的特徴をいくつか挙げた。特に顎の下に大きなほくろがあること、右手より左手の方がひとまわり大きいこと、等は区別しやすい情報のはずだ。

あと、あいつって魔術師ではあったが、どちらかというと剣の腕の方が頼られていた奴だったんだよな。このあたりは公式の資料を漁《あさ》っても出てこない、本当の知り合いしか知らない情報である。

「そのあたり、殿下はくだんの人物の様子を詳しく覚えておられますか？」

「ええ、もちろんです。やはり、別人ですか……。ものごしからは、剣を扱った覚えがあるようには見えませんでした。それに、母の話題も出ませんでしたよ」

そこも気になるんだよ。弟君は、けっこう可愛《かわい》い顔立ちで、母親、つまり俺たちのチームで頼りになる戦士だったあいつの面影がけっこうある。

彼らの母親がこの国の王家に嫁いだということは知らなくても、あいつなら、すぐに気づくだろう。ずっと遠く離れていた俺だが、それくらいの信頼は寄せている。

「あいつは純粋に剣が好きで、旅の間も毎日剣を振ってるような奴でした」

魔術師としては変わり者だが、まあ冒険者なんてやってる奴はだいたい変わり者なので問題ない。それはそれとして、この人物があいつの名前を騙る意味って……？

「十二年前と九年前に、それぞれ別の亜人種との戦に参戦し、勝利に貢献しています。北方では有名だったようですね。亜人種の砦にひとりで潜入し、門を開けるのが得意であったそうです」

「あ、それは間違いなく本人ですね。あいつはそういう無謀なことを平気でするんだ」

「ですが八年前の霊峰探索隊を最後に、彼の経歴が途絶えております」

それは知らなかったな。未知の場所への探索隊に参加するというのも、彼らしい話ではあるんだけど。聞けばその探索隊は途中でトラブルに見舞われ、目的地に着くまでに半壊、そのまま解散してしまったとのこと。当時の参加者のほとんどはその後、数年で亡くなっているらしい。

うーん、そういう経緯があったから名前を使えると思ったのかなあ。もしあいつが生きてひょっこり出てきたら、どうするつもりなんだろう。

「何にせよ、すぐに消える者たちのことを殿下がそこまで考える必要はないのでは？」

この似顔絵の奴が何を考えているかなんて知らない。こいつの後ろにいる国がどんな戦略を思い描いて、大賢者の弟子なんて名乗らせたのかに興味はない。

確実なのは、大国が動くということ。小国など、アリのように踏みつぶされるということである。

だが三人の王族は、顔を見合わせていた。

うん？　まだ俺の知らない情報があるってことか？

「あなたや母の知り合いではないということがはっきりした結果、逆にこの者が本物の大賢者さまの弟子であるという可能性が生まれました」

「ああ、そういう……。たしかに八年前までの経歴が明らかなら、大賢者さまの弟子ではない、と」

姫さまがうなずく。そりゃあ、あっちこっち旅をしながら大賢者の弟子なんてやるの、絶対に不可能だと判断できるもんな。

「でもそれなら、どうしてそんな経歴が明らかな人物の名前を使ったのか、って話になりますけど」

「これまで名乗りを上げた大賢者の弟子を名乗る者たちは、おおむね、その経歴が割れているか、あるいはすぐにわかるほど平凡な才覚の持ち主でした。この者は違います。弟が言うには、おそろしく頭の回転が速い人物であり、乱世で輝く者の臭いがした、と」

「臭い、ですか」

俺が視線を向けると、弟君は恥ずかしそうに身を縮こまらせた。

「そ、その……何となく、相手の雰囲気でそういうのがあるというか……」

「ちなみに、俺はどんな臭いがします？」

「すごく、その、怖い人だな、って。あ、ご、ごめんなさい」

「いえ、それでよろしいかと。これでも数多《あまた》の修羅場を潜《くぐ》ってきた冒険者ではありますからね」

何だろうな、この子の母も、割とそういう動物的な嗅覚があったから、そういうのが子どもに受け継がれてるんかねえ。

それにしても、臭い、雰囲気、か。

気をつけておかないとなあ。気をつけておけるものかどうかは、わからんけども。

「本物の大賢者さまの弟子であれば、大国はなおさら、確保に動くのでは？」

「ええ。取り合いが始まりますね。殺さずに、ただその国のためだけに働かせることでしょう」

「でしょうね。火を見るよりも明らかです」

実際に、大賢者の弟子たちは皆、大国に確保されることを嫌がり姿を消したのかもしれない。俺の場合、大賢者の弟子という肩書きで見られるのが嫌だったんだけどね。

それにしても……うーん、こいつがねえ。マジで、まったく覚えがないツラなんだよなあ。

少なくとも、大賢者の弟子ではない。

◇※◇

姫さまから大賢者の弟子を騙る者の話をされた、その翌日のこと、学院ではなく王都の方の酒場のカウンターで呑んでいると、右隣に男が座った。

中年の痩せた男で、帽子を目深にかぶっている。ひと目見て、怪しさ満載であった。

とはいえ、男が度の強い蒸留酒を頼んだときの声で、すぐ理解する。

こいつ知り合いだわ。

「何で帽子なんてかぶってるんだよ。一瞬、おまえだってわからなかったわ」

「最近、薄毛が気になってな……」

「往生際が悪い」

「いつか、ほら、また生えてくるかもしれないし……」

「諦めろ。きっとそれは大賢者さまでも治せない」

かつて、師に、毛生えの魔法はつくれないかと訊《たず》ねたことがある。成長を促進することなら可能だが、死滅した毛根を再生することは無理、という回答であった。

師が、うんざりした顔をしていたことを、よく覚えている。同じことを王とか皇帝から定期的に聞かれていたらしい。

男は誰しも永遠を夢見るものなのだ。しかし、星に手を伸ばしても摑《つか》むことはできないのである。

以上、髪の話は終わり。

ちなみにこいつは、俺の以前の仲間で、優秀な斥候《せっこう》だった男である。

今日、ここで会う約束をしていたのだ。学院の方の酒場だと、まず学院に入る必要があるからな……。

軽く手を振って、魔法を行使する。

風の結界で、俺とこいつ、ふたりだけを囲った。これで、以降の会話はバーテンダーにも聞こえない。

「聞いたか。あいつが大賢者の弟子だったっていう話」

「おまえこそ、人相を聞いたか？　偽者だろうよ」

「やはりか。仕方がない、ケリをつけに行くか」

男はバーテンダーから渡された透明なグラスに口をつける。琥珀色の液体を一気に飲み干す。

俺より五歳くらい上なのに、相変わらず酒が強いな。昔から、仲間が全員酔いつぶれてる中、こいつひとり平然としていたものである。

「ケリをつけるって、おまえなあ。どうせ大国が勝手に動いて、どうにかしちまうだろう」

「それでは、あいつの名を汚したままになる」

「あとでひょっこりと、本物のあいつが出てくるかもしれないだろ」

「それなら、それでいい。そもそも、あいつは名誉を欲しがるような奴じゃなかった」

そうかな？　昨日、姫さまから聞いたあいつの活躍は、控え目に言っても英雄の名にふさわしいものだった。

亜人種との戦に二度も加わり、大活躍。その後、未知の霊峰へ向かって、消息を断つ。

そんな経歴の持ち主が、はたして名誉を求めないものだろうか。

「あいつは、人を助けているうちに勝手に名を揚げてしまうような奴だったよ」

「ああ……それは、そうかもしれないな。大賢者さまみたいなタイプだ」

思わずそう言ってしまったところ、彼は少し驚いたように目を大きく見開き、俺を見つめた。

え……な、なんだよ。

「おまえも、そんな恐れ多い冗談を言うのだな」

「恐れ多いって……ああ、まあ、大賢者さまをいじるのはご法度、って土地もあるのか」

ちなみにそういう土地では、さっきの「大賢者さまでも髪の毛は生やせない」とかも厳しく糾弾される。

そういう腫れ物に触るような態度こそ、大賢者が厭《いと》うてたことなんだけどな。

「まあ、この国じゃ、そうでもない」

「そういうものか」

「そもそも学院の設立目的が、大賢者さまを超える、だからな。学院に大賢者さまのお墨つきがなければ、そうとうにモメただろうよ」

あの方は、誰かが己を乗り越えていくことこそを、望んでいた。だが、それはついに叶《かな》わなかった。

　それは、どれほどの絶望だったのだろうか。だからせいぜい、俺たちあの方の弟子くらいは、あの方をもうちょっといじって、下げて、笑ってやるべきだと思うのである。

　こんなこと滅多な相手には言えないけど、目の前の男が相手だからこそ言えるのだ。

「話を戻すぞ。いくらおまえでも国が相手じゃ分が悪い。やめておけ」

「どのみち、本物かどうか確かめるつもりだったんだ。ルートは確保した。今日、ここに来たのは、おまえも誘うためだ」

「冗談じゃない。俺はただの魔術講師だぞ」

　あっ、鼻で笑いやがった。こいつめ、俺ごときが魔術講師を名乗るのは生意気だってのか？

　仕方がない、せめて手持ちの情報くらいは吐いておこう。

「俺の掴んだ情報じゃ、あいつの名を使っている男は野心家で、頭の回転が速い、厄介な奴とのことだ」

「それはどこからの情報だ」

「さすがにそれは話せない」

　この国の王子が実際に会ったときの印象です。

　うん、言えない。

　本当は、この情報をこいつに話すのもヤバいんだが、かといって下手すりゃ死地に赴こうとしているこいつを見捨てるわけにもいかない。

俺とこいつは、彼女と同じチームだったわけで、彼女の息子の情報をちょっとばかりこいつに流すことくらい、見逃して欲しい。

はたして、目の前の男は新しく頼んだ蒸留酒をまたグイとひと息で呷《あお》る。こんな無茶な呑み方をして、顔色ひとつ変えないんだから本当に恐れ入るよ。

「確かな筋の話なんだな」

「それは間違いない」

「わかった、作戦の参考にさせてもらう」

「できれば、無茶はやめて欲しいね。この歳《とし》になると、友が減っていく一方だ」

「そうだな。この国に嫁いだあいつも……」

ああ、まあ、知ってるよな、それは。俺がその息子や娘と会っている、ということまでは知らなくても。

というかあの姫さんが俺をポンポン呼び出しすぎなんだよ。加えて変装してまで学院に来るから……。

何なんだろうな、あの方。いくらなんでも自由すぎるだろう。

「これ以上は止めないが、行くならひとつ、頼まれてくれないか」

「何だ」

「何故、あいつの名前を騙ったのか。余裕があれば、でいい。調べてくれ。可能なら本人の口から聞くのがいちばんだが……」

「さすがに、それは難しいだろうな」

「ああ。おまえは偵察兵だ。相手の前に姿を現せ、とは言えないよ」

男は、また鼻で笑う。何だよ、感じ悪いな。

「あれから色々な奴らと組んだが、俺をいちばん、上手く使ってくれたのはおまえだった」

「急に褒めるな」

「俺は研究室にいるおまえを知らないからな。鉄火場で冴《さ》え渡るおまえの姿しか、思い浮かばないんだ」

そういうものか？　たしかに昔の仲間の中でも、こいつとは何故かいつも、どこかの酒場で会って呑むくらいのことしかしていなかった。

理由がないわけでもない。カンのいいこいつに、師から与えられた部屋を見せたくなかった、というのがいちばん大きな理由である。

かつての仲間にすら秘密を打ち明けられないというのも、厄介なものだ。

当時は大賢者に弟子入りを希望する者が引きも切らず、弟子の存在が明らかになるだけで大問題になることは明らかであった。

そして大賢者という存在が消えたとたん、これだ。大賢者の弟子を名乗る者がぽこじゃか現れ、そのことごとくが偽者と断じられるありさまである。

というか、あいつらは大賢者の弟子を何だと思っているのだ。

大賢者の弟子は万能の薬ではないし、不可能を可能にする無敵の兵器でもないということを理解しているとはとうてい思えなかった。

こんな状況で「えーわたくしが大賢者の弟子でございい」と本物が名乗り出たところで、大勢の偽者と同様に命を狙われることだろう。

もはや大賢者の弟子だと疑われること、いや大賢者の弟子との繋《つな》がりを疑われることすらもリスクとなってしまった。

まあ今回のケースは、それとはまた別の理由で命が狙われるんだけどね。目の前のこいつが、友の名を汚されたと感じたから殺す、というのは……まあ、名を借りた側からすれば理解できないことかもしれない。

でも、こいつはそういうヤツなのだ。何でも出身の部族がそういう風習らしいのだが、詳しいことはよく知らない。

俺ももう一杯、蒸留酒を水で割ったものを頼む。ふたりでグラスを打ちつけ、一気に中身を喉に流す。

喉が焼けるように熱い。

「また、ここで乾杯しよう」

「ああ。夏には戻ってくる」

男は立ち上がり、酒場を出ていく。

◇　※　◇

月日が経った。

彼は俺との約束通り、夏の最中《さなか》、ふらりと戻ってきた。

風の噂《うわさ》で、くだんの大賢者の弟子を名乗る者が殺されたことは知っていた。

おそらくは彼がやったのだろう、と思っていたが、確証はなかった。

「やったのか？」

同じ酒場で乾杯し、訊ねた。

彼は首を横に振った。

「やった、はずだった。本物じゃなかった」

「そりゃあ、あいつだったはずがない」

「そうじゃない。ヒトじゃなかったんだ」

俺は彼の顔を覗《のぞ》き見た。まるで幽霊でも見たかのように、青ざめていた。

「奴の名を借りた似ても似つかない男がいた。俺はそいつの首を刎《は》ねた。だが、奴の身体からは血の一滴も飛び出てこなかった。奴の身体は、ヒトにそっくりなからくり人形だったんだ」

からくり人形、という言葉で、俺は一瞬、師が操って王や皇帝と会わせていた、師そっくりの自動人形のことを思い出していた。

判断材料が少なすぎる。

「いったい、あれは何だったんだ。おまえならわかるか？」

「いや、それだけの情報じゃ、さっぱりだ。現物は持ってこられなかったのか」

「混乱していて、それどころじゃなかった。くそっ、最初からわかっていれば、やりようもあったんだが」

悔しがっている男を、俺はじっと眺める。頭の中には、さまざまな可能性が浮かんでいた。

◇　※　◇

夏の最中、冷房の魔法がよく効いた学舎の中。

エリザ女史の研究室に呼び出された俺は、彼女の助手の学生が出してくれた茶を飲みながら、ぼんやりとソファに腰を下ろしていた。

呼び出しておきながら、彼女は部屋を留守にしていたのである。学生が、申し訳なさそうに身を縮こまらせて、ぺこぺこ頭を下げてくる。

いや別にきみが悪いわけじゃないから……悪いのはあの助教授だからね。

しかも彼女とて、別に意地悪で俺を待ちぼうけさせているわけでもなく、急に教授会に呼び出しを喰《く》らった、とのこと。

つまり、教授会が悪い。でもあそこの老人ども、ヒトの時間を奪うことなんて何とも思ってないんだよなあ。

加えて言えば、大賢者を絶対視していた世代の代表格であるからして、研究面でも頭が固い。ろくな実績を出せていなくても、大賢者の理論をちょっとなぞっただけで研究者になれた時代の産物、平たく言って老害どもである。

当時は、それでもマトモな研究者と呼ばれていたのだ。そもそも研究という分野がほとんど未開拓だった。

いまは違う。国のテコ入れもあって、少しずつ、状況が変わりつつある。

エリザ女史なんかは新しい世代の一員で、実は大賢者の理論を拡張している卓越した数学者のひとりであった。だから彼女のことは応援しているのだ、個人的にも。

「やあ、待たせたね。いや本当にすまない」

研究室の扉が開き、エリザ女史が入ってくる。何か、ものすごく疲れた表情をしていた。

「教授会から、また何か無茶振りでもされましたか」

「わかるかね」

「そのやつれた表情を見れば、まあ」

「学院の警備体制の見直しについて、基礎計画を任されたよ」

それ、助教授がやることじゃないよね？　いじめられてない？　大丈夫？

「誤解しないでくれたまえ。彼らは旧世代の遺物でロクデナシだが、無茶を言っているわけではないのだ。わたしの実家に頼んでくれ、という話でね。家の名は捨てた、と反論したのだが……先に実家の方に話を通されて、逃げ道をふさがれていた。盤棋《ばんぎ》で言えば、詰みというやつだね」

乾いた笑い声をあげるエリザ女史。目が死んでいる。

あーこのひと、貴族の家に生まれたけど家の役目から逃げて研究者になったタイプか。貴族のまま研究者として名を成すことに批判的な風潮が、この学院にはあったりするのだ。

もともと、研究者とは貴族の道楽、という時代が長かった。その研究というのも、大賢者の理論をなぞる、くらいの話であった時代である。

そして、この学院の設立理念のひとつとして、広くさまざまな階級の者たちに学問の道を開くというものがあったのだ。別に貴族が学院で出世するために家を捨てる必要はないのだが、かといっていい顔はされない、ということである。

貴族たちの派閥争いの場になったら学問の発展どころじゃないからね。

その危惧そのものは、わかるんだけどね。

エリザ女史は、学生が淹れた茶を飲んで、ひとつ大きく息を吐く。少しは落ち着いたみたいだ。

俺の対面のソファに座り、さて、と膝を叩《たた》く。格好つけたつもりかもしれないが、ぺちっ、と可愛らしい音がしただけだった。

「そういう次第でね、何か便利な魔法があれば教えて欲しい。ああ、これは今日、来てもらったこととは無関係だよ」

「俺は警備のイロハなんざさっぱりだよ。冒険者時代にも、そっちの方はほとんどやらなかった」

「警備を破る方も?」

「破る方も、だ。冒険者とひと口に言っても、それぞれ専門分野はある。俺が組んでいたチームは野外での活動がメインだった」

「なるほど……」

ふむふむ、と何やら考え込んでいる女史。脚をぷらぷらさせているその様子は、まるで子どもが遊んでいるようである。

「それで、俺を呼んだ用件は、何です？」

「そうだった。本題を片づけよう。実のところ、たいしたことではないんだが……食堂の方から問い合わせがあってね。知っての通り、学院の食堂では身分証を提示することで無料の食事を提供している」

学問をさまざまな階層が修められるように、という配慮のひとつだ。優秀な者であれば、どれほど金がなくても学べるようにということで、寮と食事は無料で提供しているのである。

無論、お金を出せば豪華なものも提供されるのだが……まあ、貴族とか大金持ち以外は無料の食事を摂《と》るみたいである。無料のやつでも、充分においしいしね。

ちなみに姫さまも在学中は無料の食事だけだったとのこと。このあたりは、むしろ王族が率先して、そうしていたのだろう。

必ず毒見役が同席してたらしいけどね。そりゃ、用心は必要である。

「きみの身分証で食事をしていた者が、どうもきみではないらしい、という報告があったのだよ。そのあたりについて詳しく聞いて欲しい、と。とてもわたしがやるような仕事ではない気がするが……まあいい、そのあたりについて、何かあるかね」

「ああ、それはたぶん俺です。申し訳ありません、魔道具で変装……というか違和感を覚えさせる魔道具を開発して、そのままつけっぱなしだったやつですね」

すぐ理由に思い当たり、懐から取り出した首飾りをかける。残留魔力を使った魔道具のひとつで、つけた相手の気配を変える、という効果を持つものだ。

はたして、エリザ女史は目を大きく見開いた。あ、びっくりしてる、びっくりしてる。

「どうです、俺に見えないでしょう」

「あ、ああ。たしかに、きみが目の前にいるはずなのに、感覚がその認識を拒絶しているというか……ふむ、ひどく気持ちが悪いな。少し待ちたまえ」

エリザ女史は一度、目を閉じて、こめかみに手を当てた。魔力を流しているようだ。

まぶたを持ち上げ、俺をじっと見つめてくる。ひとつ、うなずく。

「うむ、普通にきみを認識できるようになったよ」

「認識強化ですか。なるほど、それで突破できるんですね。貴重な知見、感謝いたします」

「こんなところで魔法の腕を試すのはやめてくれないか。ともあれ、理由が判明すれば、それでいい。手間をかけたね」

俺は首飾りを外す。ふう、上手くいったか。

「ところで、その魔道具について是非とも詳しく聞きたいのだが……」

「それはまた後にしましょう」

実際のところ、この首飾りはたまたま持っていただけである。

この魔道具を開発していたのは本当だが、食堂で別人が食事をしていたのは事実だからだ。

さすがに、それはごまかさざるを得なかった。明確に、いくつもの規則に違反しているからね……。

研究室に戻って、施錠する。

実験室がある奥の部屋の扉を開けた。

そこに、金髪金眼の女性がいる。ぶかぶかの白衣をまとい、だらしなくソファに横になって本を読んでいたその女性がこちらを振り返り、笑顔を向けてきた。

一見、十七、八歳くらいの若いヒトの女性のようだ。その尖った耳と外見に似合わぬ知性に溢れた双眸だけが、彼女の本性を表していた。

耳長族と呼ばれる、ヒトではない種族。ヒトの数倍の時を生きるというその種族の末裔《まつえい》である。

「やあ、疲れた顔をしているね」

「きみのせいだ。俺の身分証を勝手に持ち出して、食堂に行ったな」

「認識阻害の魔法はかけておいたはずだけどね」

「鋭い奴が、俺じゃない、と見破ったみたいだな。この学院には腕の立つ魔術師が多い。用心しろ、と言ったはずだぞ」

「そうか、ヒトもなかなかやるじゃないか」

女は、嬉しそうに笑う。自分の魔法がヒトに破られて喜ぶヤツなんて、こいつくらいだろう。

「ファースト。きみならこそこそしないで、正面から学院の門を叩けばよかっただろうに」

「書類とか面倒じゃないか」

「かわりに、俺が面倒なことになってるんだよ！」

こいつが研究室に転がり込んできたのは、南の国との戦が終わった少し後のことだ。学院のセキュリティを破り、俺の研究室にかけていた結界も破り、いつの間にかこのソファに寝そべっていたこいつを見たときの驚愕《きょうがく》がわかるだろうか。

ちなみにそのときのこいつの第一声は「やあ、久しぶりに顔を見に来たよ。一年ぶりかな」である。

実際のところ五年ぶりであった。

それから時々、こいつはふらっと現れては、数日から十日ほど居候して、また去っていく。

いまのところ学院側にはいっさい行動を察知されていない、と本人は自信満々に語っていた。

こいつが腕の立つ魔術師であることは、よく承知している。だから、ある程度は安心していたのだが……。

しっかりバレてるじゃねーか、こんにゃろう!!

「いやあ、ぼくの魔法にも欠陥があることがわかった。これは大きな進歩だ。改良する余地があるということだからね」

「俺が開発した残留魔力の探知魔法で探知される可能性もあるから、そのへんは気をつけておけって言ったよな」

「そうだねえ、きみがセキュリティに協力しているとなると、もうちょっと気を引き締めるべきだねえ」

呑気《のんき》なことを言って、ソファの上でごろごろする。まるで猫のようだ。

「俺の我慢にも限界があるからな」

「わかっているさ。迷惑をかけるつもりはない。それに、そろそろおいとましようと思っていたからね」

そう、大陸でも希少種の耳長族であるこいつは、同じ者を師と仰ぎ、共に学んだ人物であった。

つまりは、まあ。大賢者の弟子のひとりである。

大賢者の最初の弟子だから、ファースト。

大賢者の弟子たちは、互いの名はけっして呼ばず、数字で呼び合った。万一に備えての用心である。

互いの本名を知っていた場合、大賢者の弟子がひとり見つかったら、そこから芋づる式に皆の正体が判明してしまう、と考えたのである。

大賢者は、最初から己が消えたときのことを考えていたのだろう。

そう、およそ百年前に目の前の女を弟子にとったときから。

つい先日までは、気まぐれなこいつのことだ、何となく気が向いたから俺のもとへ現れたのだろう、程度に思っていた。

時々、抜け出すのも、猫の散歩のようなものだと考えていた。

しかしながら、いま、俺の手もとには別の情報がある。いい機会だ、訊ねてみよう。

「ファースト、きみはセブンの行方を捜しているんじゃないのか」

ソファの上でごろごろしていた女が、ぴたりと静止した。金色の髪が持ち上がる。こちらを振り向き、炎のような双眸で俺を睨んできた。

「どうして、そう思った」

「カンだよ」

「そうかい。まあいい、その通りさ。弟弟子が何か企《たくら》んでいる気がしてね。この国が怪しいと睨んでいたんだけど、どうも見当はずれだったようだ」

セブン、大賢者の七番目の弟子。

人形繰りのセブンと呼ばれることもあった人物で、師の持つ自動人形の技術をかなりの割合で受け継いだ。

北の国に現れた大賢者の弟子を名乗る人物。仲間の名を汚す者として狩られたはずのその人物が、実は人形であったと知ったとき、まっさきに脳裏に浮かんだ顔でもある。

「何か知っていることがあったら、話してくれると嬉しいね」

「あいつを見つけて、どうするんだ」

ファーストは、曖昧に笑った。俺はため息をつく。

「わかった、話すよ」

俺は、一連の出来事について彼女に説明した。

「なるほど、ね。きみの昔の仲間の名を騙って、か……」

「どう思う?」

「わからないことが多すぎるね。迂闊《うかつ》に動かず、相手の次の出方を確かめた方がいい」

翌日、彼女は書き置きを残して消えた。

「また来る」

そこには、達筆でただそれだけ記されていた。

イーメリア姫のレポート

彼のことかい？　ああ、このわたし、ロウェル家のエリザが何だって答えて差し上げようじゃないか。

そりゃあ他ならぬ、きみの願いだからね。

わたしはきみが学生の頃から、きみのファンだったのだから。

ああ、わかっているさ、まわりに人がいなくて、きみがかつてのように制服を着ているからこそ、こんな口調で話をさせてもらっているんだ。

礼儀が嫌いで家を飛び出したとはいえ、最低限のしつけは受けているからね。従姉妹《いとこ》殿がそう願うなら……いまは別にいいって？　はっはっは、助かるよ。

うん、もしきみがいつもの白いドレスに身を包んでいたなら……そうさね、もう少し改まった口調にさせてもらうよ。

で、何だったかな。ああ、彼のことだね。

最近、よく彼を呼び出して遊んでいるそうじゃないか。

教授会でも話題になっていたよ、姫さまの男遊びが……どう、どう、どう、わかっているって、
クソジジイたちが勝手に言っていただけのことだ。

気に入らないなら、不敬、と無礼打ちしたまえよ。

その気がないなら勝手に言わせておけばいい。

嬉しく思うよ。きみが、わたしの前ではこれだけきちんと感情を表に出してくれることをね。

彼の前では、さぞ賢《さか》しい女の仮面をかぶっているんだろう。

それが彼を警戒させてしまうんだよ。

何を驚いた顔をしている。女は、少し馬鹿なフリをした方が男の懐に入っていきやすいんだ。

年上のお姉さんの話を少しは聞いておくべきだったね。

………。

縁談が上手くいかなかった数について口にしたら、それはもう戦争だろうが。権力なんて捨ててかかってこい！

いや待ちたまえ、素手は駄目だ、素手は。きみ、軍で格闘術の訓練を受けていただろう。

ここはフェアに、魔力操作の腕でだな……まあ、わたしの得意分野なわけだが。うん、そうだね、
暴力など淑女の行いではない。

………。

だいたい、きみだって、いい話を断り続けているだろう。

なるほど、王族は勢力のバランスや、きみという知性を手に入れる価値も考える必要がある、ということか。トロフィーとしての価値ではなく、きみの頭脳が優秀であるが故に、どこにも輿入《こしい》れすることができないとは、なんとも大変なことだ。

また話が逸れた。彼のことだったね。

そう、あれは彼がこの学院に来て少し経った頃だったか。研究室の前で倒れている男がいる、ということで見に行ってみたら、ぼさぼさ髪の中年男が担架で医務室に運ばれていくところでね。

それが初めて彼を見たときだった。向こうは意識を失っていたけどね。

五日間、徹夜で作業に没頭していたらしい。

以降は警備の者が彼の研究室を定期的に見まわって一徹したら強制的にベッドに送るようになったから、あまり問題も起きていないよ。

それは問題の解決とは言わない、って？　はっはっは、王家の常識を学院の常識と思わない方がいいって、ここで学生をしていて学ばなかったのかい？

待ちたまえ、いまのは自虐さ。ちょっと研究に夢中になったら一徹、二徹は当たり前なのがこの学院だからね。

きみが夜の学院をあまり知らないのも無理はない。というかきみたち王族には、基本的に学院内に泊まり込みをさせない、という気遣いが働いているからだよ。

夜は警備も薄くなるから、何かあっても責任が持てない。王族の警備担当も、学院内では何かと大変だろう？

そういうわけで、まあ、この学院じゃ気絶して医務室に運ばれる者なんて珍しくないんだ。とはいえ彼の場合はまたちょっと特別でね。

意識を失う前に、自分の研究室の扉だけはきっちり封鎖してから通路で気絶したんだ。なんとも器用だとは思わないかね。

おかげで誰も研究室に入れない、と警備の者たちが嘆いていたよ。

この学院に来て、研究室をあてがわれてすぐに、研究室の扉を専用の術式で改造して、許可がないと入れないようにしたというから……セキュリティ意識が強いのか、それとも何か重大な隠し事があるのか。

研究者が隠し事を持つなんて、珍しいことではないのだけどね。いずれ発表するにしても、まだ確証もない状態でデータを他人に渡したい者などいない。

わたしもね、以前、曖昧な根拠をもとにでたらめな推論を立てられて、それをわたしのデータのせいにされたときは、こいつどうやって殺してやろうかと思ったものだ。……うん、まあ、そのことはいい、忘れてくれたまえ、過去の過ちさ。

彼の場合も、似たようなことが過去に何度もあったんだろう。この学院に研究者として入ってきた時点で優秀なことはお墨つきで、だからこそ妬む者から足を引っ張られるようなこともあったに違いないさ。

冒険者だったらしいしね。その手の対策は、お手の物なんだろう。だから、彼が研究室で何をどう実験していたのか知る者はいない。

たまに友人の狩人や冒険者を研究室に入れて何やらやっていた様子はあるんだが……ゲストが学院に入った記録なら、きちんと残っているんじゃないかな。

名簿を当たってみるといい、きみなら問題なく閲覧できるだろう。

少し興味が湧いてきたね。きみは彼の何を知りたいんだ？　まさか、彼が他国の密偵だとか思っているわけではあるまい。

そうだね、きみもわたしも、あの戦では彼に助けられたのだから。だとしても疑うことがきみの仕事、ということかな。

……そうではない？

ふむ、まあいい。わたしが知っているのは、その程度のことさ。

最後に？　彼の師は誰か？

さあ、そこまではね。ああ、ただ以前に一度……師は片づけができないヒトだった、というようなことを聞いたような……。

◇　※　◇

はあ、王家の代理の方、ですか？　わたしのような狩人に？

ええ、たしかに、先の戦いのとき、姫さまにお声がけいただき、微力ながらお手伝いさせていただきましたが……何か落ち度でも？

そういうことではない、と。

ああ、彼のことですか。いまは学院で研究をしているとか、少し見ないうちにたいした出世をしたもんで。

以前、彼が冒険者をしていたことはご存じで？　わたしも昔は冒険者でね、彼ともたまに、ご一緒させていただいたものです。

彼が冒険者から足を洗ってからは、疎遠だったんですがね。先日、この国に戻って狩人をやっていたら、酒場でばったりと。

以来、たまに酒を酌み交わす仲です。知ってますか、彼、最近狩人の間で有名な臭いの魔法をつくったんですよ。

あれ、わたしが彼に相談したんですよね。わたしでも使えるような、狩りに便利な魔法ってないかって。

森の生き物は目じゃなくて鼻で相手を嗅ぎ分けるから、それをごまかせないかって、そういう話だったはずです。わたしとしては自分の臭いをごまかせれば、それでよかったんですよ。

でもなぜか、彼がつくってきた魔法は、いろいろな臭いをつくり分けすることができる、やたらと拡張性が高いやつで……その魔法をひとつ覚えてしまえば、他人がつくった臭いを出すことも消すことも簡単にできるっていう、よくわからないほど便利なやつでした。

初めて見ましたよ、あんな発想。

モジュール、と彼は呼んでいましたが、そのモジュールをつけ加えたり外したりすることで無数のバリエーションができる。

ひとつの簡単な魔法で、多彩な結果を生み出す。

これも後で知りましたが、大賢者さまのご用意された基礎魔法にはない概念だったそうですね。彼、自分がどれだけ凄《すご》いことをしたのか、全然わかっていないんですよ。

昔？　そうですね……言われてみれば、昔からそういうところはありましたかね……。

最初は固定チームを組んでいた人たちもいたんですけど、凝り性の彼がね、勝手に実験を始めるんですよ、それでチームのひとりがブチ切れちゃってね。おまえには研究者がお似合いだ、って。

たしかそれが直接の解散の理由で……そのときに、チームのひとりが、たしかこの国に足を運んだと聞いたような。その方がいまもいるなら、そのあたりのことはその方に話を聞いてみればいいんじゃないですかね。

あ、もう亡くなった？　それは……そうか、まっすぐで陽気で、生きるちからの塊のような方だったんですが……残念です。

あ、娘さんがいるんですか。へえ……いつか会ってみたいですねえ。

話を戻しますね。彼は冒険者をやめた後、どこかに引きこもって、研究をしていたと聞いています。

冒険者にそんな金があるのか、って？　まあ、彼らは若くしてけっこう稼いでましたから。

それなりに人脈もありましたから、パトロンを見つけたのかもしれません。正直、惜しいなと思ったものです。

ええ、まだまだ第一線で活躍できるちからがありましたから。チームが解散しても、また別のチームで……何なら、当時のわたしのチームに来ないか、と誘いもしたんですけどね。断られてしまいました。自分には向いていない、って。

そういうことなら、仕方がありません。わたしは彼と別れて……それからだいぶ経って、この国で再会した、という話は先ほどしましたね。

そういうわけです。後はそちらもご存じの通りで……ええ、最近は羽振りがいい様子で、よく酒をおごってくれますね。

金には頓着していない、だからといって研究資金がないのは困る、とはよく話しています。魔術講師なんて向いていないから、自由に研究していた頃に戻れるなら、それがいちばんであるとも。

ええ、冒険者を辞めた後のことでしょうね。ですからパトロンがいたんじゃないかな、と思うんですよ。彼はそのへんの時期のこと、何も語りませんけど。

何かがあったのかもしれませんし、あえてわたしも突っ込んでみたりはしませんよ。

わたしが語れるのは、だから冒険者の頃の彼と、いまの彼だけです。あなた方が何を知りたいのかはわかりませんが……。

そうですか、お役に立てたなら幸いです。

ところでこのこと、彼に言っても構わないですか？　構わない？　そうですか、わかりました、では。

ええ、お国のために頑張ってください。我々だって、南の国に支配されるなんて絶対にごめんですから。

◇※◇

以上が調査結果です。

ええ、父上、寝た子を起こすことはありません。

もし彼が大賢者さまの弟子と繋がりがあったとして、それを公にすることは百害あって一利なし。

それよりは、このまま学院で彼が心から好きな研究をさせておくのが最良と考えます。

無論、学院の警備は増強した方がよろしい。この間のような有事ともなれば、王都で使える戦力が増えるということでもあります。

よって、こちらの書類にサインを。はい、警備と諜報《ちようほう》対策の予算です。

あらあら、父上、頭を抱えて、お疲れのようですね。

まあ、わたくしが悪いとおっしゃるのですか？

ですが、必要なことでしょう？　父上の手間を省いただけです。

南の国が仕掛けてきた以上、遠からず他の国も動き出します。その前に、やれることはやっておかなければ……。

彼のことをどう思っているか、ですか。

それはどういう意味で……なるほど、婚姻、ですか。

我々、王家からすれば悪くない提案となりますね。貴族同士の勢力バランスを考えると、当分の間、わたくしの配偶者を見つけるのは難しいですから、適当に押しつけるなら、繋ぎ止めたい在野の人材は都合がよろしい。優秀な魔術師の血を引く子を王家が確保できることも。

父上と母上の前例もございますしね。

ええ、ええ、存じておりますとも。父上が母上を溺愛していたことは、王家の皆が存じていることです。おかげでわたくしたちと後妻の子たちとの間に多少の溝が生まれていることも、仕方がないことと諦めております。

皮肉を言うなとおっしゃいましても、困りましたね、純然たる事実ですし……。

では話を戻しましょうか。

彼のことは、猫のような生き物とお考えください。

ええ、わたくしの使い魔の、この黒猫のような。

これはわたくしの予測ですが、わたくしが強引に迫った場合、高い確率で彼はこの国を出ていきます。これはわたくしが彼にとって好ましくない女性だからというわけではなく、彼が枷《かせ》を厭う性格であるからです。猫のような生き物、ということはそういうことです。

ですので、ええ、あくまでも自然にいくのがよろしいでしょう。焦らず、時間をかけて、ゆっくりと。いつでも彼の退路をつくったうえで、対話を続けましょう。

もどかしい、ですか?

ですが猫の相手というのは、そういうものでしょう?

母が猫を苦手としていたのも、いまとなってはよく理解できるではありませんか。

この子、こんなに可愛いですのにね。

大賢者の弟子の日常講義　その三

クルンカへの今日の講義は、地理だ。

「この大陸はどんな形か、きみは知っているか？」

「先生、いきなり話が大きすぎます！　地理って普通、王都のまわりの話か、この国の周辺の話ですよね！」

はっはっは、そんなちいさな話をしてもつまらないだろう？

「クルンカには、まず、この国がどれだけちいさいのか、実感して貰おうと思う」

「わあ、いきなり国を批判してきた……」

批判じゃないよ、ただの事実の羅列だから。

俺は羊皮紙にざっくりと大陸の形を書き記す。大陸の正確な形は、わりと昔から知られていた。耳長族が大昔につくった地図を大賢者が入手し、それを複写の魔法で量産したからである。もっとも、その地図は必ずしもすべてが正確というわけではないらしいし、地震や津波、魔物のスタンピードなどの災害によって地形が変化したところも多いという。

「ほへー、こんな形になっているんですね、わたしたちの大陸。わたし、全然知りませんでした」

「ちなみにクルンカは、この大陸のどこにこの国があると思う？」

「ええと、このへんでしょうか」

羊皮紙とペンを渡されたクルンカは、大陸の中央あたりに大きなマルを描いた。

はっはっは、はっずれー。

「この南西の方に、ちょん、とシミをつけたくらいのところが、この国の領土だな。ちなみに南の国がこんな感じ、東の国が……」

「どこもちっちゃすぎるじゃないですか！」

「ちっちゃいんだよ、実際」

所詮、徒歩数日で移動できる程度の国土しかないからね。

「ちなみに大国が、こんな感じ」

「大国っていっても、ずいぶんちいさく感じます……」

「それはね。ヒトの住んでるところが現在、こんな感じだから……」

「大陸の大半が未開の地じゃないですか！」

そうなんだよなあ、三百年かけても、まだまだ未知の土地がいっぱいあるのだ。

未知の生物も。未知の植物も。未知の鉱物も。未知の魔法も。

まだまだ、俺たちの知らないことだらけなのである。

なのにヒトは、大賢者がいなくなったとたん、内輪揉《うちわも》めを始めてしまった。

広大な外の大地には見向きもしなくなった。

「先生は、この未開の土地に行ったことがあるんですか？」

「少しはあるよ。信じられないようなものも見てきた。いまの俺たちじゃどうしようもない、と思った土地は多い。でも、それはいまだけだ。未来は違う」

まだまだ、俺たちには伸びしろがある。ヒトには可能性がある。技術を高めて、ちからを蓄えて、それからふたたび、あの大地に挑めばいい。

そう考えて、撤退した。

あれからだいぶ長い月日が経つ。俺たちの挑戦は終わっていない、とそう信じていた。

そんなことを、クルンカに語る。

「ふわあ、先生から、これまでいちばん、熱意を感じます」

「熱意……まあ、そうかもな。結局、あの未開の土地への探索があったから、俺は熱意を持って、先に進むことができたんだろうな」

まだ十代の頃のことである。

仲間たちの反応はそれぞれだった。ひとりは未知への探求を諦めた。ひとりは新しい仲間たちを集めて、未知への探求を続けた。ひとりは実直に己の技を鍛え上げた。

そして、ひとりは小国の王妃になった。

「ちなみに、この大陸の外には何があるか、知っているか？」

「えっと、海がある、んですよね。東の海岸にはヒトが暮らしています」

「そうだな、大陸は四方を海に囲まれている。耳長族によると、この世界には四つの大陸が存在し、この大陸はそのひとつだ。残り三つの大陸には、ヒトではない別の種族が住んでいるらしい。大昔、耳長族は他の大陸と交易していたそうだが、いまはそれも途切れているという」

「初耳です！」

「本当かどうかは知らないよ。俺も、知り合いの耳長族が言っていたことをそのまま話しているだけだからな」

師もその場にいたんだけど、この件については「まだ早いだろう」としか言わなかったんだよな……。

「それって、先生、けっこう貴重な話なんじゃ……」

「かもしれないけど、学院で研究しようにも、手がかりがなにもない話じゃなあ」

「というか、世界ってなんですか？」

「俺たちの住む大地の外、広大な海を抱えるこの天体、というものの外がどうなっているか興味があるかね」

「え、ええと……何か先生、どんどん話を大きくしようとしてますよね？」

うん、してるよ。

実際のところ、このへんについてどこまで話していいのか、師はおっしゃっていなかったんだけど……別に口止めもされてないからなあ。

「俺たちが知る土地なんて大地のほんの一部で、その大地さえも外側にあるとても大きな世界の一部にすぎなくて、その外にはさらに大きな世界が広がっている、ということだけわかっていれば、それでいいんだ」

クルンカは、ぽかんと口を開けて、「ほわあ」と妙な声を漏らす。

はっはっは、びっくりしてる、びっくりしてる。

「先生、わたし、自分がとってもちっぽけな存在に思えてきました」

「つまり、伸びしろがたくさんあるってことだ。いくらでも挑む先があるってことだ。素晴らしいことだなあ！」

第三話　大賢者の弟子と森の奥の異変

しばし時は遡り、春先のことである。

知り合いの狩人《かりゅうど》から相談を持ちかけられた。

学院内の酒場で落ちあい、話を聞く。

狩猟ギルドから発行される資格証で学院の入り口を通れるし、有料だが内部の食堂を使うこともできる。俺の知り合いである彼も、学院内部は勝手知ったるものであった。

「森の奥で、犬亜人に襲われずに夜を過ごすことはできないか」

酒を酌み交わしながらの世間話の後、彼が切り出したのは、そのような話であった。

なんでも学院の近くにある森の奥地、犬亜人が多数棲《す》むあたりに、希少な薬草が採集できる場所があるらしい。しかし、そこに赴くだけでも二日、更に群生地の捜索にも日数がかかるとのことで、これまでは採集者と狩人数名でチームを組み、かなり気合いの入った遠征をこなして、必要なだけを採集していたとのこと。

で、この希少な薬草、これまでは一部の病を治すために使われる程度だったのだけれど……現在、学院の研究者から研究素材としての需要が増えているのだ。

「採集しすぎて枯渇する懸念はないのか」

「そこは問題ないはずだ。森の奥は魔力が豊富で、魔力で育つ薬草がよく茂る。毎回、採集場所を変えているのも、一か所で採りすぎないためだ」

それでも慎重に、様子を見ながら採集量を増やしたい、とのことだ。とはいえ、やはり大規模な採集チームを組むのは狩人たちの負担が大きく、何か知恵があれば……と。

そういう次第で、俺に声がかかったらしい。

「俺は別に、言えば何でも出してくれる便利屋じゃないんだぞ」

「そうだな。毎回、こちらの想像を超えたものを出してくる」

狩人は笑って、今日の酒場の払いは任せろ、と告げた。

「臭いの魔法じゃ駄目なのか」

「犬亜人は鼻だけでなく耳もいい。ヒトの音を敏感に聞き分けて、襲ってくるんだ。こちらが大人数であれば襲われないのだが、少人数だと……な」

「たしかに、あいつらは人数で襲うかどうか決めるよな。で、昼の行軍はともかく、夜に立てる物音は……」

「ああ。少人数の場合、獣に襲われないよう太い樹《き》の上で寝るんだが、そういう場所はえてして犬亜人の縄張りで、夜の巡回に頻繁にでくわす」

「隙を見せれば囲まれる、か……」

犬亜人は身の丈がヒトと同じくらいで、二足歩行し、棍棒《こんぼう》などの原始的な武器も使う危険な生き物だ。

独自の言語を持ち、ヒトには聞こえない高い音で会話する。全身、顔まで毛むくじゃらで、部族によって毛の色が異なり、同じ毛の色の者たちが集まって集落をつくる。なんでも毛の色で差別があるらしいのだが、詳しい生態はよくわかっていない。

鼻と耳がいいぶん、目はあまりよくないらしい。森での活動に特化していて、長い手を使って軽々と木登りをするし、木の枝から枝へと身軽に跳躍することでも知られていた。そのうえ、鍛えたヒトと同じくらいの膂力《りょりょく》でもって石を投げてきたり棍棒を振るったりする。

しばしば十体以上の集団で行動し、強力なリーダーが現れた場合、ひとつの集落が五十体以上になることもある。

かつて、俺と仲間たちがヒトの村を守るため命懸けで戦った集団が四十体で、あのときは優秀なリーダーがいたから、非常に手ごわい相手であった。雄も雌も肩を並べて狩りを行うため、集団での戦闘力はなかなかに侮れないものとなるのだ。

学院の近くの森に棲む犬亜人は、ひとつの集落がせいぜいが十体から二十体程度の規模。少人数の狩猟採集部隊で相手をするには、いささか骨の折れる敵といえるだろう。

「犬亜人から完全に身を隠す方法、か」

「あるのか」

「ないこともない、が……」

冒険者時代、何度かやりあったこともある相手だ。仲間の斥候《せっこう》が、犬亜人の習性や弱点を事細かに教えてくれた。

ただ、不文律などは部族ごと、集団ごとにさまざまに変化するとのこと。リーダーの性質によっても行動の指針が変わるため、何につけても一概にこう、とは言い難いことも。

一般に魔物と同一視されるけど、かなりヒトに近い種族なんだよな。

かといって奴《やつ》らはひどく狂暴だし、会話も成り立たないうえ、そう大きな集団にはならないため、国が本格的な駆除に動くことは少ない。

そもそも、魔力が高い土地を好むという特性上、あまりヒトと縄張りがぶつからないのだ。森の中に開拓地をつくったりすると、とたんに厄介な隣人になるんだけどね……。

またその特性上、森の奥を探索する冒険者や狩人とはぶつかりやすい。

師匠は、何て言ってたっけな。

そうだ、犬亜人だって大陸に生まれた命のひとつで、彼らだって懸命に一日、一日を生きているのだ、とかだったような。

師匠のあありう物言いは、優しい、というのとはまた違うんだ。己の邪魔になる存在を駆除することにためらいを覚える必要はない、とも言っていたし。

ただ命が生まれて、懸命に生きて、死ぬ。その屍《しかばね》が、別の命を育むための糧《かて》となる。命と命とは、そうして互いに繋《つな》がっている。

そう理解した上で行動を決めなさい、と……そんなことを言われたのは覚えていた。

ファーストは師匠の言葉にしきりに納得していた。セブンは……うなずいてはいたけど、いまにして思えば、どこか不満そうだったような気がする。

俺は……どうだったかなあ。そういう解釈もあるのか、とは考えたのだけれど、でも実際に犬亜人を見たら、そりゃ即座に駆除を選択するよなあ、とも……。

でも、うん。もう一度、いろいろなことを考えてみるいい機会かもしれない。

「少し考えさせてくれ」

それから、しばしの時が経《た》った。久しぶりにファーストと再会し、そしてセブンの手がかりとおぼしきものを得た。

そして季節は巡り、夏の盛り。

俺は同じ狩人を研究室に呼び出した。

「この音叉《おんさ》をキャンプ地のそばに吊《つ》り下げてみてくれ。起動に少し魔力は使うが、夕方から夜明けくらいまでずっと動き続けるはずだ」

そう言って、開発したばかりの魔道具を渡す。狩人は、受けとった銀の音叉をしげしげと眺めた。

「音を出す魔道具なのか？」

「ああ。ただし、ヒトの耳には聞こえない音だ。犬亜人のような一部の亜人、耳のいい魔物、そういった奴らは、少し離れたところからでもこの音を聞き分ける。一応、何度か実験してみてくれ。結果を報告してくれれば、報酬を払うよ」

「頼んだのはこちらだぞ」

「その魔道具が売り出せるなら、俺の儲《もう》けになる」

「犬亜人の縄張りの中で音が響いたら、これ幸いと襲ってくるんじゃないか」

俺は首を横に振った。

「犬亜人の使う言葉……合図、かな？　それを繰り返し鳴らす仕組みになっている。意味は『我は銀竜の加護を受けし者なり』だ」

「銀竜？」

「犬亜人の信仰らしい。遠い昔、世界よりも大きな銀竜がいて、それが犬亜人を産んだとか、そういうやつだったはずだよ」

狩人は怪訝《けげん》な表情になる。

「犬亜人の同盟者のことを、そう呼ぶんだ。奴らは、この言葉を知ってる者を襲わない、らしい」

「何というか……きみは何でも知っているのだな。犬亜人の信仰など、考えたこともなかった。ましてや同盟者など……」

まあ、普通の人よりはいろいろ学んでいる方だとは思うが。

別に何でもかんでも知っているわけじゃない。

俺は苦笑いして首を横に振る。

「あれから、いろいろ調べたんだよ。犬亜人についての過去の研究はいくつかあって、幸いにも学院に写本が入っていた。知り合いにも話を聞いた」

依頼を受けてから、いろいろな人と会ったとき、ついでに犬亜人のことも訊《たず》ねてみたのである。

かつての仲間である斥候も、いくつかヒントになることを教えてくれた。

信仰についての話は、ファーストの受け売りである。ファーストのやつ、犬亜人の言葉がわかるのだ。

特殊な魔法で可聴域を変化させて、犬亜人のキーキー声を聞き分けることができるようにして調査した、と以前に語っていた。正直、その発想はなかったと膝を打ったものである。

その魔法も教えて貰《もら》った。実に調べ甲斐《がい》がある魔法で、いささかそちらの解析に夢中になってしまったりしたことも……まあ、このあたりの話は別にいいんだ。

とにかく重要なことは、複数の者たちから話を聞いて、ヒントを得て、その結果としてこの音叉があるということである。音叉の元になった音の魔法については、ファーストから「これならいける」と太鼓判を押されているから……大丈夫だと思いたい。

うん、ファーストが研究室に居座っていた間に、いろいろとアドバイスを受けたのが、かなり大きかったりする。

あいつと再会しなければ、ここまで短期間で完成することはなかっただろう。

それでも、いろいろと問題点は出てくるだろうから……あとは、信頼できる被験者に任せるしかない。

「まあ、使わせてもらうとしよう。おまえもいっしょに来てくれると助かるんだが」

「すまないが、今回は別の研究があってな。二回目の遠征にはつき合えると思う」

できれば初回こそ、自分でデータを取りたかったところである。口頭で報告を受けるだけじゃわからないことがたくさんあるのだ。

でもなあ……軍から残留魔力を用いた結界魔法についてデータを送れってめちゃくちゃせっつかれてるんだよな……。

必要なのはわかるし、データの提出が遅れたら、また姫さまに呼び出してもらうぞ、って担当者から脅されているのである。

姫さまの扱い、なにげにひどくない？　大丈夫？　軍のひとたちにいじめられてない？

「ちょうど二日後に、森の奥に遠征することになっている。帰ってきたら、また共に酒を酌み交わそう」

そう言って、杯を重ねる。適度に酔ったところで、狩人は音叉を手に王都へ戻っていった。

十日ほどで戻る、と言い添えて。

約束の日を過ぎても、彼らは戻ってこなかった。

◇　※　◇

狩人が森の中で死ぬのは不幸な出来事ではあるが、それ自体はままあることだ。たとえそれがベテランであっても、命のやりとりをする仕事である以上、いつだって不慮の事故というものは起こり得る。集団で行動していたからといって、必ずしも安全とは限らないのが森の奥という未開の土地である。

しかし、王都の近くに住む狩人たちの精鋭がこぞって参加した部隊、それがひとり残らず失踪したとなれば、これは大きな事件であった。

どれほど大きいかといえば、普段は仲の悪い狩猟ギルドと冒険者ギルドのトップが膝を突き合わせて会議する必要があるくらいの大事件である。

で、なぜかその場に、この俺が呼ばれていた。

しかも会議の場所は王宮の会議室で、姫さまの姿まであった。

え、ちょっと待って、いくらなんでも大事件になりすぎてない？　そりゃ、俺だって友人の狩人が心配だけどさあ。

「森の奥に棲む亜人たちの動向は、王家も気を配っている事項なのです」

「犬亜人の集落がいくつもある、という話ですね」

「近年、確認されているのは犬亜人だけですが、以前は森巨人や森大鬼の姿も見られたと。わたくしが生まれる前の話ですが……」

王都の近くの森に、森巨人や森大鬼まで潜んでたの？

いや、森の奥というのがどこまで続いているのか、正確には把握していないというのが本当のところなのだろうけれど。

この国の西にある森は深く広大で、その先には山脈が広がり、その向こう側はヒトの未踏破領域に繋がっているらしい。

王都は、そんな森に隣接している。

この国も、百年ほど前はヒトの最前線の砦《とりで》であった。当時はまだヒトの国々が大陸各地で領土を広げることに懸命で、同じような地はあちこちにあったという。

ただ、この地を守護する者たちは少し様子が違った。その者は学者肌で、王となり独立した際、大賢者に頼らずヒトの知の最前線でも己の道を切り開くための場所を、すなわち学院をつくった。

それがこの国と学院の起源である。故に、西の森の動向は、常に王家の監視対象であるのだ、と……。

姫さまは、滔々《とうとう》とそう語ってみせた。狩猟ギルドのギルド長と冒険者ギルドのギルド長が、そんな姫さまに頭を下げている。

どちらも壮年の男で、しかし身体《からだ》を壊して一線を退いた者たちであった。実際に会ったのは初めてだが、ふたりのことは知識として、そして狩人や冒険者たちから話を聞いて、多少は知っている。ギルド長同士の仲はそれほど悪くないのだが、立場上、何かとぶつかることも多い。そのため外では慎重な言動を心がけていて、禿《は》げあがる思いだ、と……。

こうして並んでいるのを見る限り、ふたりとも頭髪には深刻な旱魃《かんばつ》が訪れているようだった。背負いこんだ苦労ともども、頑張って欲しいものである。

で、姫さまとギルド長ふたりの視線が俺の方を向く。

「今回、あなたをお呼びしたのは他でもありません。狩人たちの遠征の目的は、あなたの魔道具を試験するためであったとか。犬亜人から身を守る魔道具でしたね？」

「それは目的のひとつ、と聞いていますよ。定期の薬草の採集依頼もあったのでは？」

そのあたりどうなのだ、と狩猟ギルドのギルド長を見れば、彼はひとつうなずいて羊皮紙を取り出した。

「学院からの、実験用の薬草の採集依頼ですな。学院長のサインもございます。こちらに」

「拝見いたしましょう」

姫さまが羊皮紙を受けとり、内容に目を通す。

特に問題はなかったようで、すぐに羊皮紙はギルド長の手に戻った。

「やはり、失踪した者たちが森の奥に足を踏み入れたことは間違いないようです。しかし、これまでは上手《うま》くやっていたとのこと。念のため、まずは魔道具に問題があった、という可能性について確認させてください」

「現物は持参いたしまして、先ほど宮廷魔術師の方にお渡しいたしました。現在、確認していただいております」

俺はすかさず、姫さまにそう返事をする。

「わかりました。ではそちらについては後ほど」

ここまでのやりとりは、あらかじめ示し合わせたものである。姫さまは俺にうなずいた後、ふたりのギルド長の方を振り返った。

「冒険者ギルドは、今回の件、お手伝いいただけますでしょうか」

「王家からの要請とあらば、すぐにでも人員を派遣いたします。既に人選は概《おおむ》ね」

「よろしい。狩猟ギルドも、残っている者の中から森の奥に詳しい三名を選び、道案内をお願いいたします」

姫さまが、手際よく両ギルドから人員を引き出し、救助隊の内容をまとめていく。

たぶんこれ、両ギルドだけに任せていたら数日かかることだろう。

そのあたりを王家の強権と剛腕でもって決めてしまった。救助の責任は王家が持つことになるかわりに、最速で、しかも最強の部隊を動かすことができる。

姫さまが懸念している最悪を想定するのなら、このやり方が正しいのだろう。

あらかじめ彼女の側付《そばつ》きから聞いていた最悪の想定は、森の奥に赴いた狩人たちが全滅していることではない。

森の奥で想定外の変化が起こっており、それがこの国に重大な影響を及ぼす。それこそが、最悪と言えるのだ。

たとえば、犬亜人の群れが森の浅層に広がり、連鎖的に浅層の魔物が森の外に出没するようになるとか。

あるいは先ほど姫さまが言っていた森巨人や森大鬼が侵略を開始するとか。

はたまた、もっと厄介な魔物が現れたとか。

別の想定もできる。

たとえば……そう、南の国が懲りずに、今度は大まわりして西の森を通って軍を派遣してきた、とか……いや、たぶんそれはないな。

いくらなんでも、軍隊が通るには、あの森はあまりにも危険すぎる。訓練された冒険者や狩人たちが、あまり目立たない人数でなら、かろうじて通れる、という難所なのだ。

あの森が何百人、何千人からなる軍隊が通れるような土地であれば、どれほど気が楽なことか。

「魔道具のこともあります。あなたにも一緒に来ていただきたい。よろしいですか」

姫さまが、俺の方を向いてそう問いかけてくる。

もちろん、と俺はうなずきかけて……。

うん？　と首をひねる。両ギルド長も、あれ、と首を横に傾けた。

いま、へんなこと言わなかった？

俺と両ギルド長の視線が、一斉に、姫さまのそばに控える側付きのメルベルに注がれる。

メルベルは、申し訳なさそうに肩を落とし、ゆっくりと首を横に振った。両ギルド長が、慌てた様子で口を開く。

「お待ちください、殿下」

「いまのおっしゃりよう、まるで殿下も同行されるかのような……」

「もちろん、救助隊のリーダーはわたくしです。これについては王の許可も得ております」

おい、王さま。なに考えているんだ。

いやまあたしかに、この姫さまは先日の森の中の実習でもその実力を発揮してみせた。足手まといにはならないだろう。

それどころか、姫さまが指揮するなら冒険者と狩人の混成部隊であっても派閥争いなんて起こらない。というか起こさせないだろうし、王家の御旗《みはた》のもと、皆が一致団結してくれるだろう。

あれ、いいことずくめだな？　姫さまの身に危険が及んだとき、俺たちの首が物理的に飛ぶ可能性さえ考慮しなければ。

「ご安心を。わたくしの身の安全よりも、今回の遠征で得られる情報の方が有益であると説得いたしました。最悪の事態が起きたとしても、みなさんの責任ではないということ、既に王より一筆いただいております。書類は、ここに」

姫さまは、にこやかに人数分の羊皮紙を差し出す。最初からそのつもりだったのだろう、先ほど彼女が口にした内容がそのまま、書き記されていた。

両ギルド長が肩を落とす。おいおい、がっくりしたいのは俺の方なんだが？

◇※◇

翌日、俺と姫さまを含めた十二人の救助隊は、朝日が昇る前に王都を発《た》ち、森に入った。

森に詳しい狩人たちが先導し、冒険者たちが周囲を警戒、俺と姫さまは真ん中で彼らに守られる形である。

姫さまの護衛のひとりとして、側付きの少女メルベルが、今日は革鎧《かわよろい》を着て姫さまの二歩ほど後ろを歩いている。腰には細身の剣を差していたが、身のこなしも森の中での足取りも堂に入ったものので、姫さま同様に専門の訓練を受けていることが窺《うかが》えた。

姫さまの護衛がもうひとりいる。

クルンカだ。以前に彼女と仲良くなった娘の親が、今回、失踪した狩人の面子《メンツ》に入っていたのだという。

「あの子に、お父さんを助けてって頼まれたんです。だから是非、わたしも連れていってください。

森を歩くのは慣れていますし、戦えます」

そう、強く乞われた。彼女が戦えるのは知っているし、森歩きの技量も先日の実習でよく知っている。とはいえ彼女はまだ十二歳、今回のミッションは非常に危険なことが予想されるから……とためらっていると。

「あの、駄目でしょうか。魔法を使うと身体が光るわたしじゃ、森の中で目立ってしまいますから……」

「ああ、それは別に問題ない。森の生き物は光より音と臭いに敏感だ。——そうだな、姫さまの護衛役、頼めるか」

「はい！」

というようなことがあって、彼女は帯剣し、メルベルの横を元気に歩いている。

剣は親から借りたとのことであった。出発前にクルンカとメルベルで少し手合わせしていたのだが、普通にクルンカが勝っていたから、たいしたものである。

「あなたの開発した魔道具には、何の落ち度もありませんでした」

道中、俺の隣を歩く姫さまが語る。今日の黒猫は、彼女のまわりを元気に走りまわっていた。たぶん、すぐに疲れてメルベルかクルンカのお世話になるだろう。

で、なんで俺が彼女の隣なのか謎なんだが……いや、でもそこがいちばん、隊列の邪魔にならないところだから仕方がないのかな。

「犬亜人の言葉の専門家も驚いていましたよ。これならば、たしかに彼らへの警告として機能すると」

「それはよかった。犬亜人の言葉を専門にする人、いたんですか」

「この町ができた頃は、森の亜人種との対話を試みたこともあったのです。当時それに携わっていた方の末裔《まつえい》です。老齢の方で、もう耳もだいぶ遠くなっていたのですが……己の研究成果を次の代に継承できないこと、嘆いておりました」

ファーストのやつが聞いたら、会いたがるかなあ。そんなことを、ちらりと考える。

「あなたこそ、犬亜人の言葉など、いったいどこで?」

「古い知り合いから、少し」

「なるほど、冒険者時代のお知り合いですか」

勝手に勘違いしてくれたが、そこはあえて訂正しないでおく。ファーストは希少種の耳長族だから、どうせ彼女が大賢者の弟子だとは夢にも思わないだろうが……まあ、念のためである。

「それより殿下、その格好で大丈夫なのですか」

俺は彼女の服装を指した。

以前のように学生のフリをしているわけではなく、この森の中ではひどく不釣り合いな、フリルがたっぷりとついた白いドレスをまとっていた。

靴に至ってはハイヒールである。もっとも、歩きにくそうなその格好で身体をよろめかせることもなく、ドレスを汚すこともなく、俺や狩人たちに平然とついてきているのだから、見かけ通りの装備ではないことは明らかであった。

最低でも、服と靴の両方に保全と軽身の魔法がかかっている。そこらの貴族では全財産をはたいても足りないほど値の張る魔道具だ。

問題は、何故《なぜ》そんな目立つ格好をしているか、ということであった。

この森の中では、どう考えてもこの人、重要人物に見えるからなあ。仮にここに南の国の軍がいたら、絶対に襲って確保するだろう。誰だって、こんな目立つ的を見逃すはずもない。

はたして姫さまは、薄く笑ってみせた。

ああ、そうか、なるほど……？

「建国当時のプロトコル、ですか。交渉の際の服装。もし向こう側にもその言い伝えが残っていれば、話し合いの基盤になるとお考えで？　ですが相手は犬亜人ですよ」

「先方に言い伝えが残っていなくとも、こちらがそれを蔑《ないがし》ろにしていい、ということにはなりませんよ。百年前の記録によれば、犬亜人との交渉は、この服装をした者が行うということになっているのですから」

すなわち、これは彼女の外交官としての正装なのだ。

わざわざ姫さまがこの一行の指揮を執ると言った時点で、そこは理解しておくべきだったかもしれない。

いや知らんわ。

俺は政治なんかに関わりたくないんだ。だから姫さまも、よくできました、とばかりの笑顔を見せないでください。

「殿下は犬亜人の言葉がわかるのですか」

「まったくわかりません。ですから、通訳をお願いいたしますね」

え、俺がやるの？　そりゃ、ファーストから基本的な言葉は教えて貰ったけど……。

あいつらの言語には可聴域の外の音が使われるから、魔法で耳を強化しないといけないんだよなあ。

やってやれないことはないけど。

こんなことなら、それ用の魔道具もつくっておくべきだったかもしれない。俺は、ただ知り合いの狩人が心配だからついてきてるだけなんだけど……。

いや、その狩人の行方を知るためにも、犬亜人とのコンタクトが必要と姫さまは考えているわけだから、これも仕方がないことか。

こんなこと、魔術講師の仕事じゃない。それは重々承知の上である。

「それに」

と姫さまは呟《つぶや》く。黒猫を抱き上げて、胸の中でその毛並みを撫《な》でる。

「予感があるのです。ただの直感です。ただ、このまま座して待つのは愚策であると、そう胸がざわめくのです」

◇　※　◇

「ぼくたちは目の前にある恵みに感謝しなければいけない。それは漠然とそこにあるのではなく、先人の汗と血によって生み出された産物なのだから」

かつて、ファーストはそんなことを言っていた。ヒトよりずっと長い命を持つ彼女は、日々の暮らしがいまほど便利ではなかった時代のことをよく覚えていたし、大賢者が為《な》したことの偉大さを誰よりもよく理解していたようである。

「昔には戻りたくないね。ぼくは、いまの方がいい。そして、きっと明日の方がもっとよくなると信じたいんだよ」

そう語ったのは、俺の研究室に転がり込んできた頃のことである。彼女は研究室から消える前に、一本の論文を置いていったのだが……。

正直、いまこれを発表するわけにはいかないような内容であった。なんだよ、魔道具による遠距離交信技術の素案とそれが軍事と経済に与える影響って。

政治に疎い俺でも、これがとびきりの危険物だとわかってしまう。

ちなみに現在の学院が開発した技術では、特殊な魔法によって町と町の間で限定的な交信をすることは可能だが、その魔力の消費量が大きいため緊急時に限られる。

で、現状、この魔法そのものが軍から機密扱いされているので……それを魔道具で可能にして汎用化した時点でロクでもないことになるのは明白なのだ。

そもそも、なけなしのプライドにかけて、ファーストの研究を俺の名前で出せるものかよ。発表するなら自分の名前でやって欲しいものである。

というわけでアイデアの一部だけ借用させてもらい、三百歩程度の短い範囲でのみ使える近距離通信用の魔道具をつくってみた。

わざわざ信号を送らなくても、開けた場所ならば大声を出せば何とか聞こえる、その程度の距離である。

魔力を込めるとエメラルドが輝くだけの、他愛《たわい》もないシロモノだ。それでもまあ、いくつかのサインを決めておけば、ある程度は情報を伝えられるだろう。

見かけは、ただのエメラルドがはまった指輪である。森の中で、騒がないでも意思を伝えられる、その程度の役には立つ。

森の行軍一日目の終わりに、その指輪を姫さまにひとつ、冒険者、狩人のうち魔力の扱いに慣れた者にひとつずつ渡した。

「分散して行動する際に使ってください。二回連続でチカチカさせたら集合のサイン、三回連続ならすぐ逃げろ、としましょう」

野営の最中に四つの指輪をとり出してそう告げたところ、皆が、じっと俺を見つめてくる。

しばしの、沈黙。

「え、何ですかこの空気」

敬愛する姫さまが、とてもいい笑顔で「この魔道具は、今回の一件が終わった後、王家が預かりますね」とおっしゃった。

狩人と冒険者がうんうんとうなずいている。

「いささか横暴では？」

「この手のものは先に軍に持っていくように、と言ったでしょう」

「森の中ならともかく、軍事行動に使うには有効な範囲が狭すぎるでしょう。しかも宝石の魔力許容量の関係で、距離の延長は望めません。欠陥が多すぎるので実用化は断念した技術ですよ」

「ですが、町の中でなら充分な距離です。密偵たちはさぞ重宝するでしょうね」

ああ、そうか。スパイなんかが使うには、ちょうどいい距離なのか。

考えてみれば、王宮の警備とかにも使えそうだな。しまったなあ、そういうつもりじゃなかったんだけど。

「軍の方から、なんであの研究者を王家で囲っておかないのだ、と怒られるのはわたくしなのですよ？」

にこにこ顔の姫さまに、周囲の狩人と冒険者、ついでに側付きまでもささっと距離をとる。

おい、側付き、おまえまで逃げてるんじゃねえ。

「しかも軍は、わたくしの幼少期に躾《しつ》けの教師をしていた者を顧問として雇用し、わたくしの対応窓口とする嫌がらせをしてくるのですよ」

「いじめられてるんですか、殿下」

「学院に在学中、軍の上層部を説得して再編し、先進的な組織につくり変えただけですのに」

「組織運営に手をつけられたら、そりゃ恨まれますねえ」

結果として機動力と即応性が高い現在の軍が手に入ったのだから、間違ってはいないのだろうが……。

「ですが、その組織がなければ先の戦では危なかった、と評価されておりますよ」

「なまじ成果をあげてしまったから、ネチネチとやり返すしかないってヤツですね」

「まったく、大人げないことです」

ため息をつく姫さま。

うーん、こ、ここはノーコメントで……。

「そういうわけですので、くれぐれもあなたの発明は、まずわたくしに見せるようにお願いいたしますね」

「こんなの、息抜きでちょっと開発しただけなんですよ」

「なおさら悪い！」

キレられた。側付きが、なんか知らないけどやたらとうなずいている。

俺が悪いのか？　と狩人や冒険者たちの方を見る。全員が、ぷいとそっぽを向いた。

「だいたい、研究の息抜きで魔道具を開発するってなんですか！」

「そんなことを言われましても……」

あるでしょ、ちょっと気分転換したくなること。何日も徹夜して取り組んだメインの研究が行き詰まってしまったから、休憩がてら別の研究をしてみたりすること。

みたいな話をしたところ、その場の全員からドン引きされてしまった。

え、なんで……？

「先生……」

「徹夜で頭が働いてないときに別の研究を始めるという話は、初めて聞きましたね……」

メルベルが、ぽつりと呟く。

「研究以外に楽しみがない人生なのですか」

まわりがうんうんと同意している。

えー、よくあることじゃない？　そういうときに、えいやってつくってしまったものが意外とイケてたりするもんだよ？

「あなたが、研究者としていささか度を越した行動をされる方であることは、かねてより認識しておりましたが……。普通、徹夜で疲れていたら寝るものでは？」

「そんな、せっかく上がったテンションがもったいない」

ねえ、と同意を求めて周囲を見るものの、全員がホッポウスナギツネのような顔で俺を見返してくる。

黒猫が、呆《あき》れた様子で、なーごと鳴いた。


同行した狩人や冒険者には、最近流行の魔法や魔道具について話を聞いた。

普通の国であれば流行とは何だ、となるところだが、この国には学院があり、最先端の研究とその成果がガンガン足もとに下りてくる。

この地の狩人や冒険者には、目ざとくそれらを見極め、よいと思ったものは取り入れたり、上手く応用してみたりする者が多い。

というかそういう者たちが上澄みと呼ばれていくのだから、当然、両ギルドからこの場に選ばれた者たちはそういったものに詳しいはずであった。

「臭いの魔法は、最近、ヒトの臭いを出すモジュールが開発されまして。我々もよく利用させて貰っていますよ」

「待って待って、ヒトの臭いって、それ何の意味があるの？」

「こちら側の人数を水増しすることで、臭いに敏感な生き物は勝手に逃げていきますからね」

森を主な活動地点としている冒険者たちの言葉に、いきなり驚かされる。

そうか、ヒトの臭いを消すのが本来の使い方でありそれが当然だと思っていたのだけれど、逆にヒトの臭いを増やして相手を威圧するのか……。

狩人からすれば、獲物が逃げては話にならない。しかし目的が森の奥の遺跡の発掘や薬草の採集である冒険者ならば、森の生き物はただの追い払うべき邪魔者にすぎない。

モジュール化により、そんな応用までされているとは……目から鱗《うろこ》、とはまさにこのことである。

「そもそも、モジュールという概念が画期的です。これまでの魔法には、大賢者さまから頂き、そのまま用いるもの、という固定観念がありました。大賢者さま以外の方が開発されてもそこは同じであろうと、当然のように思っていました。ただの冒険者である我々が開発に加わるなど……斬新すぎて、最初は何をすればいいのかまったくわかりませんでしたよ」

冒険者は、大袈裟《おおげさ》な身振り手振りでそんなことを語ってみせる。

いやほんと大袈裟だと思うんだよね、こっちとしては細かい部分まで自分でやるのが面倒だっただけなんだからさ……。

それに、俺のことはいいんだ。俺なんかを褒めてる時間があったら、もっと世情について語って欲しい。

たとえばほら、最近、魔道具でいいものとかない？　みたいな風に話を促してみる。

「新しい魔道具はたいてい高価で、滅多に手に入らないものですが……。最近注目されているもの、となるとこれですね」

そう言って冒険者が取り出したのは、一見するとただの濡《ぬ》れた革袋であった。袋の内部には、銀糸によって簡単な紋様が刺繍《ししゅう》されている。

これは知らないやつだなあ。手にとって、少し調べてみる。

「集水の水筒、といったところか？」

紋様から術式を読みとり、革袋を冒険者に返した。

相手はうなずき、「口を開いて一晩、そこらに吊り下げておくだけで朝には袋いっぱいの水が手に入ります。どこに探索に行くかわからない我々にとっては、もはや欠かせない道具ですよ」と告げる。

「なるほど、つくるのは簡単そうだが、こういうのは案外誰も思い浮かばないものだ。便利な発明、とはこういうものかもしれないな。学院には登録されていなかったように思うが……」

「ええ、学院の研究者じゃないと思います。酒場で呑《の》んでいたら、耳長族の美人さんと意気投合しまして。冒険に出るとき水に困っている、という話をしたら、数日後、近くの店にこれを卸してくれて……」

「ほ、ほう？」

耳長族は、そもそも数が少ない。そのうえ、故郷を出て旅をする者はもっと少ない。

何かそいつ、知ってるヤツのような気がしてきたな……っていうか。

「あの人とは、あれから一度も会えてないんですよねえ。でもこの水筒のつくり方はタダで公開してくれたんです。いまあっちこっちの刺繍師が、これを量産してるんですよ」

「な、なるほど」

絶対にファーストだわ。あんにゃろう、俺の研究室に転がり込んでおきながら、ときどき王都に呑みに出ていたのかよ。

◇　※　◇

俺や姫さまを中心とした救助隊が森に入って二日目。昨日までは元気だったメルベルが、時折、遅れがちになった。クルンカがさりげなく、彼女に付き添っている。

「先生、あのひとは……」

「ああ、わかっている。俺が話そう」

クルンカとのそんなやりとりの後、小休止のタイミングでメルベルに声をかけた。

相手は少し鬱陶しそうに、突き放すような応対をしてきた。

ははーん。小娘がこういう対応をしてくるときは、だいたい隠したいことがあるものなのだ。

バレてないと思っているところは、割と可愛《かわい》げがある。

「足を引きずっているな。見せてみろ」

「あなたは貴族の子女の素肌を何だと……」

「森では関係ない。黙って靴を脱げ」

まわりの狩人や冒険者は、気づいてはいても貴族が相手だと恐れ多くて口に出せなかったようだ。だから、俺が指摘した。

姫さまがびくっと肩を震わせる。本当は自分が気づくべきだった、と反省しているのだろう。

普段はまわりをよく見ている彼女も、今回ばかりは自分のことでいっぱいいっぱいだった様子である。

無理もない、森の中は一見なだらかなようで、ちょっとした起伏が多く、足を取られるものも多い。

こういう場所に慣れている俺でも、だいぶ疲れている。こういった場所では、想像以上に神経をすり減らすものなのだから。いくら優秀な貴族といえど、この場で自分だけでなく周囲にまで気を配るには、さすがに経験が足りない。

まあ、そもそも普通の貴族は森の中に足を踏み入れないのだけれど。

そのために、狩人や冒険者といった者たちがいるのだから。故にこれは、あなた方の落ち度ではない。

そんな内容を、言葉を選んで、姫さまとメルベルに言い聞かせる。

「いまあなた方がやるべきことは、森の経験者の言葉に耳を傾けることだ」

「あなたに言われずとも、わかっております」

メルベルは口を尖《とが》らせている。頭でわかってはいるが、それ故になおさら過剰に反応してしまうのだろう。

「だいたいあなたは、平素より貴族に対する敬意というものが……」

「そこまでにしておきましょう」

姫さまが口を挟んだ。目を丸くするメルベルに対して、ゆっくりと首を横に振る。

「耳の痛い正論を聞いたときほど、ヒトの度量が問われるのですよ」

「申し訳ございません、殿下」

「謝るのは、わたくしに対してではないでしょう」

側付きの少女は俺を睨《にら》んだ後、ふっ、と表情を消す。ゆっくりと頭を下げて、「申し訳ございません、つまらぬ意地を張りました」と謝罪の言葉を口にした。

「クルンカ、あなたにも謝罪を。わたしの配慮が足りないところをフォローしてくれていましたね」

「め、滅相もないです！　結局、先生にお任せしちゃいましたし……」

「それより、きみの足を見せてくれ」

予想通り、足の裏の皮が剝《む》けて血まみれになっていたうえ、足首を軽く捻挫していた。治療の魔法がかかった軟膏《なんこう》を塗り、少しきつく布を巻いて足首を固定する。

これで、今日一日くらいは何とかなるだろう。メルベルはしきりに恐縮していたが、彼女が相応に鍛えていることは普段の動きを見ればよくわかるし、頑張っているのは知っている、と諭しておく。

「こういうとき、いちばんよくないのは、怪我《けが》を隠すことなんだ。些細《ささい》なことでも口に出すこと。そんなことできみの評価は下がらないし、下がらせない。わかったね」

「はい……。平原でまる一日行軍するような訓練は得意でしたので、調子に乗っておりました」

「ああ、うん、森を歩くのはまた違う。でも大丈夫だ。きみはその違いを覚えたし、次はもっと上手くやれる」

姫さまの方を見ると、微笑《ほほえ》みながらうなずいていた。

「前回も思いましたが、殿下は森歩きに慣れていますね」

「王家の別荘の森で、幼い頃から走りまわっておりました。かの地はごく一部の者しか連れていけないため、解放感がありましたね」

「誰に止められることもなくやんちゃしてたってことですか……」

姫さまが、にっこりとする。まあ、王族なんてストレスの溜《た》まるような仕事をしているのだ、時々は好き勝手に暴れたくなる気持ちもわかるが……。

あ、メルベルの靴、足と形が合ってないなあ。許可を得たうえで造形変化の魔法を使って、靴の先端部分を少しだけ広げておく。

「ふわあ、先生、すごいですねえ」

「こんなのは、道具があれば同じことができるよ。さして汎用性の高いものじゃない……って、殿下?」

クルンカとの会話中にふと顔を上げれば、今度は姫さまが真剣な顔で俺の手つきを見ていた。

「ひょっとして、この魔法も軍に預けるとか言いませんよね。ただ革の具合をいじるだけの魔法ですよ」

「たしかに、集団行動の際に便利な魔法だとは思いますが……。今回はただ、見事な手際だと思っただけです。それも、あなたがつくったものなのですか?」

「ええ、昔、冒険者時代に。あなたの母君が、やたらと靴を履き潰すものですから、都度修理できるようにと。正直、普通に靴屋が使うような道具でやった方がいい程度のシロモノなんですよ。ただ、旅先では道具がなくても補修できる方が便利かな、って」

こういう、ちょっとした横着のための魔法はいくつもつくった。そのたびに仲間の持ち物で実験したり、失敗して壊したりして、何度も迷惑をかけたものである。

あるとき、うっかり狩人の弓を曲げてしまって、それに狩人がブチ切れて……あの一件がチーム解散のきっかけのひとつだったのかなあ。

後に仲直りはできたけど、本当に悪いことをしたといまでも深く反省している。

探検の最中に、まだ実験中の魔法を使ってはならない。あと、相手に無断で相手の持ち物をいじってはならない。

あの頃の俺は若かった。側付きの少女の靴を微妙に調節しながら、そんなことを、面白おかしく語ってみせた。

狩人と冒険者たちはドン引きし、姫さまとメルベル、それにクルンカは呆れかえっていた。

「え、いまの、笑うところですよ」

「まずひとつ、申しあげますが、わたくしの亡き母は侯爵家の隠し種ということになっております」

「あ、養子に入って……すみません、いまの話、みなさん忘れてください」

狩人と冒険者たちが、一斉にコクコクと首を上下させる。いまのは俺のミスだ。

ここにはいつもの面子以外もいるというのに、つい懐かしくなって、余計なことをしゃべってしまった。

姫さまが、他言無用と彼らに重ねて言い聞かせ、そのうえで……。

「実際のところ知る者は知っておりますが、よからぬ貴族があなたに接触し利用する可能性はありますので」

と補足する。

「よからぬ貴族、ですか」

「ヒトの過去を己の都合のいいように利用しようと企《たくら》む輩《やから》はどこにでもいる、ということです」

「ドロドロの権力争いに、いたいけで無垢《むく》な研究者を巻き込まないで欲しいですね……」

「誰がいたいけで無垢かはともかく、そう考えるならばこそ隙を見せぬことです」

面倒な。だから貴族に近づくのは嫌なんだ。

「それからもう一点、わたくしは弓使いではありませんし、剣もそこそこしか使えません。ですが自分の武器を勝手にいじられたら、それこそ怒髪天を衝《つ》くという気持ち、たいへんによくわかります」

「はい……それは本当に……」

「母が生前、あなたには悪気はないがヒトの心がわからないところがある、と言っていました。いまならよくわかります」

「はい……申し訳ございません……はい……」

「先生、わたしの剣には絶対、絶対！　手を触れないでくださいね！」

クルンカが自分の剣を抱き寄せて、俺を睨んだ。

その日の夜から、狩人も冒険者も、皆が俺がそばに近づいてくると自分の得物をそそくさと隠すようになった。

自業自得ではあるのだが、心が痛い。本当にもう反省して、二度とやらないって誓ったんだって。実際にあれからは、ヒトのものをいじるときは必ず前もって許可を取ってるって！

深夜、ひとりキャンプ地を抜け出して、心もとない星明かりだけを頼りに暗い森を歩く。

淀《よど》んだ泉のそばに立つ。

泉のまわりを旋回していた真っ黒な鳥が、俺を発見してまっすぐに飛んできた。足を突き出して翼をはためかせて減速し、俺がつき出した腕に摑《つか》まって勢いを止める。

カラスだった。その真紅の双眸《そうぼう》が俺を射貫《いぬ》き、カラスはカァとひとつ鳴いた。

「北でのセブンの痕跡は完全に途絶えたよ」

ファーストの声で、カラスは語った。

このカラスはファーストの使い魔で、先ほどキャンプ地の上空を旋回しているところを発見したのである。

何か俺に伝えたいことがあるのだと、直感的に悟った。だから、ひとりこうして、キャンプ地を抜け出してきたわけである。

「ひょっとしたら、一連の出来事も茶番だったのかもしれないねえ」

「茶番？　国がひとつ滅んだことが、か？」

「ヒトの歴史ではよくあることだよ。この五年で、いくつもの国が滅びた。数えきれないほどの民が涙と血を流した。師がヒトに伝えた魔法はヒトに牙を剝き、ただ邪魔だから、というだけの理由で隣人の首を刈る者たちが跳梁《ちょうりょう》跋扈《ばっこ》している。ふざけた話だ。誰も、あの方の考えを理解しない。理解できないのではなく、ただ己にとって都合が悪いからというだけの理由で、それを故意に忘れ去ろうとしている」

「きみらしくもない、苛立《いらだ》った物言いだな」

「――セブンはそんな風に考えたのではないかな、と思ったのだよ」

俺は眉根を寄せて夜空を見上げた。

無数の星の瞬《またた》きは、五年前と何ひとつ変わらないように見える。

だがこの大地は変わり果てた。大陸はいま、乱れに乱れている。

俺は、そんなこと知ったことじゃない、と思っていた。だからこそ、名を隠し学院に潜伏して、ただの研究者となった。

ファーストは、これもまたヒトが選んだことだ、と他種族の気楽さでヒトの社会から離れたらしい。種族の特徴である長い耳を隠して、あちこち旅をしながら気ままな暮らしを続けていたという。

セブンは、あのどこか生真面目なところがある男は、どうなのだろう。

彼もまた姿をくらましたが、そこにはどんな意図が、どのような思いがあったのだろうか。

そしていま、彼のものらしき人形が現れた意味とは何なのだろうか。

「ぼくはこれから、新興諸国をまわってみる。あのあたりがいちばん、大賢者の弟子を名乗る者が現れそうだからね」

「そうか」

「きみも気をつけたまえよ。セブンは、以前からきみのことを理解していると確信しているようだった」

「理解している？　俺を？」

「彼が勝手にそう思っているようだ、ということさ。だからこそ、注意した方がいい」

「どういう意味だ」

カラスは笑って、宙に舞い上がる。旋回しながら高度を上げていく。

どうやら、これ以上の問答をするつもりはないらしい。

ファーストの使い魔は、夜の闇に溶けるように消えた。

俺はキャンプ地に戻り、朝までよく眠った。

◇　※　◇

王都近くの森、といってもそれは森の入り口が王都の近くにあるというだけだ。

奥へ行けば行くほど森は深くなり、やがて険しい山脈に到達する。

この森を切り開く計画は百年前からあったが、森に棲む魔物や亜人種とのいざこざの結果、現在の状態になったという話であった。

姫さまは犬亜人との間に何らかの取り引きがあったことを仄《ほの》めかしているが……現在の彼らとは没交渉であり、先方がどこまで昔の取り決めを把握しているかも定かではないとのこと。

何だかなあ。これ、国の側でも正確な取り引きの内容を把握している者がいないんじゃないか疑惑がある。

結局のところ、他の亜人種は森の奥深くに消えてしまい、かろうじて浅層に残っていた犬亜人たちもたいした勢力ではなくなったから、ということなのだろう。

警戒対象から外れたということだ。脅威がなくなった途端、ヒトはそれに対する警戒をひどく緩めてしまうという悪癖がある。

それはこの地の王族とて例外ではない、ということだ。優先度の問題ではあるのだが。

なにせ姫さまは普段から多忙な様子だ。いまも目の隈《くま》を化粧で隠しているほどだし、純粋に忙しすぎてそこまで手がまわらないといった方が正しいのだろうか。

ついこの間は、南の国の侵攻があったしね。周囲の国々がてんで信用できない上に、情勢は悪化の一途を辿《たど》っているのだ。そのあたりある程度は仕方のない部分もあろう。

そんな状況で、俺の知り合いを含む狩人の部隊が消息を絶った。

物事の優先順位は一気に変化した。森の奥の状況を確認することが姫さまにとっての最優先事項となった。

その切り替えの早さは褒めたいところだ。

己の過ちを認める、頭の柔らかいところも。

まあ、頭が固い奴らじゃ、学院の手綱を握るなんてことできないだろうからなあ。某女史は上層部のことをけちょんけちょんに貶《けな》していたが、あの古参教授たちだって、当時貴族が中心だった上層部とバチバチにやりあって学院の独立性を勝ちとった者たちなのだ。

そこに大賢者の助力があったとはいえ、である。

その学院に対して王家が相応の影響力を保ちつつも一線を引いているというのは、傍《はた》から見ていて見事なバランス感覚だと思うのだ。

そんなことはさておき、俺と姫さまを含む十二人は、王都を出てから三日目、ついに犬亜人の領域に辿り着いた。

夏の終わりながら、森の奥であるこのあたりの空気はひんやりとしていた。ひと目でわかるほど、周囲の魔力が濃い。

なるほど、この環境でなら魔力をたっぷり含んだ霊草があちこちに自生するわけである。大賢者が長年に亘《わた》って霊草の自家栽培を研究し、ついに果たせなかったというのもわかろうというものだ。

ちなみに、俺が師に霊草の栽培について訊ねたところ、「何もかもが上手くいったところで、面白くもなんともないではないか」と負け惜しみを言っていた。

うん、あのひと、世間の評判と違って、割と普通に悔しがるし、喜怒哀楽も表に出す方なんだよな。

弟子たちの前でだけ、だったのかもしれないけど。そんなあのひとの誠意、とも言うべき数多《あまた》の成果を台無しにした人々に、だからセブンは、ひどく幻滅したのではないだろうか。

そんなことを、朝靄《あさもや》の立ち込める森の中で、ふと考えた。

「犬亜人の足跡がありますね。そのすぐそばに獣の糞《ふん》が。犬亜人が使役している獣でしょうか」

狩人が地面を観察して告げる。隣から糞を覗《のぞ》き込んだ冒険者が「蛇猫かな」と呟いた。

「どのような生き物なのですか」

「ええとですね、蛇のように長い首を持つ――」

姫さまの言葉に、俺が返事をしかけて、その言葉が止まる。

姫さまは、こてんと首を横に傾けた。

と、少し離れた茂みが、がさりと音を立てた。メルベルが、そのそばで腰を曲げ、「あら」と声をあげる。

俺がそちらを振り向くと、一匹の猫のような生き物が茂みから姿を現したところだった。全身、灰色の毛をまとい、でっぷりと太った胴体を持ち上げてよちよちと歩くさまは、ぱっと見て可愛らしく思える。

「わあ、先生、かわいい猫です！」

クルンカが歓喜の声をあげる。

メルベルも無警戒で、「このようなところにも猫がいるのですね」と呟いた。手を差し出そうとして——。

姫さまの胸の中で丸くなっていた黒猫が急にびくっと身を震わせ、警戒するような鳴き声をあげた。

「横に跳べ！」

俺が叫ぶのと同時に、その生き物の猫の顔が、びゅんと伸張した。赤い口の中に鋭く長い二本の牙が見える。

メルベルは慌てた様子で身を倒したが、少しでも反応が遅れていれば、その牙でひどい傷を負っていただろう。

クルンカが剣を抜いて素早く距離を詰め、鋭い斬撃《ざんげき》で伸びた猫の首を断ち切る。

赤い血しぶきがメルベルの服を濡らし、ぎゃっ、と声をあげて奇妙な生き物は絶命した。

メルベルは、ぷるぷる震えて、うつろな目で死骸となった猫の顔を見つめている。黒猫が姫さまのもとから下りて、死体となった猫の頭に対して牙を剝き、何度も威嚇するような声をあげる。

姫さまは側付きの少女に駆け寄り助け起こした。背中を撫でて、言葉をかけてやっている。

「うへえ、びっくりです！　先生、これが……」

「ああ、蛇猫だ。見ての通り、蛇猫の首は伸縮自在で、普段はただの猫とあまり変わりがありません。その場から一歩も動かずに、ものすごい勢いで首が伸びて獲物を捕獲します。牙は鋭く、夜目が利きます。あの外見で急に首が伸びてくるので、油断していると首筋を嚙《か》みちぎられる害獣です」

姫さまとメルベルとクルンカは、俺の言葉を聞き、複雑そうな表情で、ためらいがちにうなずく。

まあ、ちょっと説明が遅かったね……。

「ちなみに姫さまの母君は、一度、腰を抜かして涙目になりながら剣を振って首を刎《は》ね落としてましたね。あれ以来、猫が嫌いになったんですよ」

「猫嫌いは亡くなるまでずっとでしたね。この子を使い魔としたのも、母が亡くなってからです」

姫さまは、まだ興奮している様子の黒猫を慎重に抱き上げる。姫さまの腕の中で、ようやく落ち着いたのか、黒猫は牙を収め、おとなしくなった。

俺は蛇猫の伸びきった首を手にとり、びよん、びよんと伸び縮みさせてみせる。

「ちなみに、この首のバネ構造は、最新の弩弓《どきゅう》にも応用されています。学院の一部が開発している攻城弓には、この獣の骨がそのまま素材として採用されているんですよ」

「たいへん素晴らしい知見ですが、それはそれとして埋葬してください」

俺たちは穴を掘り、蛇猫の死骸を適当に埋めて土をかけた。

「おそらく、このあたりが犬亜人の縄張りの東限なのでしょう。足跡が西に引き返しています」

俺たちは顔を見合わせた。狩人は肩をすくめてみせる。

「どうします。足跡を辿りますか。それとも、他の方針が？」

「全員で動くのは、さすがに目立ちすぎる。キャンプ地は犬亜人の縄張りの外側に。ふたりだけで足跡を追いかける。これでどうだ」

「そのふたりは、どう選びます？　狩人ふたりだけで行ってもらいますか」

「いや、狩人ひとりと、この俺だ」

これでも元冒険者で、さんざん犬亜人の相手をしてきた。足手まといにはならない。

だが、そこに待ったをかける者がいた。

「では、それに加えてわたくしの三人で参りましょう」

姫さまが、指揮権を盾に強引に割り込んできた。


しばしののち、俺と姫さま、狩人ひとりとクルンカの四人で編制された先遣隊は、犬亜人の集落があるとおぼしき洞穴の前にいた。

姫さま専用の護衛が必要であるとメルベルが主張したものの、しかし彼女はいま脚を怪我しているから、ということでクルンカに白羽の矢が立ったのだ。

なお黒猫は留守番である。

クルンカとしても「お任せください、姫さまと先生、いっしょに守ります！」と鼻息が荒い。

姫さまは純白のドレスを着たまま足音を立てず、すべるように歩き、しかもこちらが意識していないとすぐに風景に溶け込むという離れ業をやってのけていた。

足手まといにはならないどころか、他の三人よりよほど上手く、森に適応している。

彼女のドレスが特別に高価な魔道具であるのは、もはや明らかではあった。

具体的にどのような魔法がかかっているのかは王家の秘として教えてくれなかったが、こうして共に行動して、そのちからを開示してくれたなら、おおむね推測できる。

あえて指摘したりはしないけど。

とにかく、同行者として頼もしいということだけはわかったのだから、それでいい。

洞穴の前には、犬亜人が四体、寝そべって眠そうにあくびをしている。もっとも、あれは犬亜人特有の警戒の仕草であり、つまりは見張りであった。

この地の犬亜人は、全身、顔まで茶色い毛に覆われている。のんびりしているようで、頭の上にあるふたつの耳はピンと立っているから、それ故に周囲を警戒しているのだとわかる。

とろんとした目をしていて、犬に似た愛嬌《あいきょう》のある顔だ。立ち上がればヒトと同じくらいの背丈になる。

とはいえ、その四肢は筋肉の塊で、身のこなしはヒトをはるかに超える。頭を殴られたら一撃で頭蓋骨が陥没するし、その脚で背中を蹴られれば容易《たやす》く背骨が折れるほどである。

熟練の戦士であっても、絶対に油断ができない相手なのだ。たとえこちら側に魔法の補助があっても、である。

俺たちは風下から犬亜人たちの様子を観察した後、一度、その場を離れた。こちらの声が届かない距離まで移動して、ようやく安堵《あんど》の息をつく。

「普段より警戒が厳重ですね」

狩人が口火を切った。

「普段は見張りがいても、二体。見張りをまったく置かない場合もあるのです」

「このあたりには天敵がいないからだな。逆に言うと、いまのあいつらは敵に備えている」

俺は以前ファーストから聞いた犬亜人の生態に関する話も思い返した。

犬亜人が森の中の洞穴で暮らすのは、それがもっとも天敵から身を守るのに適しているからである、と彼女は言っていたのだ。

実際に、天敵の少ない地方に棲息《せいそく》する犬亜人は、無防備に木々のそばで寝ることもあるのだと。あるいは地上での生存競争の厳しい地方においては、背の高い樹の上を転々としながら生活する部族もあるらしい。

「犬亜人の強さのひとつは、この適応能力の高さなんだ。彼らは夜目が利いて、二本の腕で道具を使うこともできればその腕を木登りに使うこともできる。言葉を持ち、道具を使い、その上でヒトより身体能力が高い」

そのファーストの言葉を聞いて、俺は首をかしげた。

「何で、そんな種族がヒトに負けて追い詰められているんだ」

「大賢者さまがヒトの味方をしたからだね」

なにげない様子で、しかし言葉の隅に皮肉を滲《にじ》ませて、彼女がそう語ったことをよく覚えている。

それはヒトではないにせよ、たいていの土地でヒトと同じ扱いをされる異種族である彼女にとっては、よく考えてしかるべきことであったのだろうか。

もっともそれは、彼女が師を恨んでいた、ということではない。

少なくとも俺が知る限り、ファーストは師のことを心から尊敬していたし、師の行動に対してもおおむね肯定的だったように思う。

ただ彼女は、大賢者の行動をすべて肯定していたわけではなかった、というだけのことである。

そして我が師は、自分に対して時に批判的なことを言う彼女に、たいそう信頼を置いていた。

つまりは、そのあたりがファーストが師の最初の弟子であった理由なのだろう。いまなら、師がファーストを特に気に入っていた理由もわかる。

彼女は弟子になったときからすでに、大賢者がすべてではない世界、というものを考えていた。

誰よりも先を見据えていた、と言い換えてもいい。

それはともかく。

ファーストの好奇心は、時に師がまったく考えてもいなかったような分野にまで及んだ。

犬亜人とコンタクトを取り、その言語や文化を学んだのもそのひとつである。彼女は、面倒くさがる俺とセブンに、さかんに己の研究成果を披露してみせた。

いや、たしかに面白かったけどね、犬亜人の言語の構造に関する話。師も、発表を聞いてめちゃくちゃ喜んでいたけどね。

　閑話休題。

　姫さまがこちらを向いて、意見を求めてくる。慌てて、そちらに意識を戻した。

「すぐに犬亜人とコンタクトを取る予定でしたが、ここまで警戒されているとなると、少し慎重にいくべきでしょうか」

「殿下がいきなり出るのは、止《よ》した方がいいでしょう。まずは俺がひとりで姿を見せて、犬亜人の言葉で話しかけてみます」

「それはいささか、危険すぎるのでは？　わたくしの身の安全は考慮する必要はございませんよ」

「だ、駄目です、姫さま！」

　クルンカが慌てる。そりゃ姫さまの身の安全は、めちゃくちゃ考慮するよ！

　狩人とクルンカと共に、懸命に説得する。

　三対一で、姫さまは不承不承、うなずいてくれた。

　この場にメルベルがいれば、もっと楽だった気がするんだけどなあ。彼女はまだ脚に不安を抱えているし、とても隠密《おんみつ》行動なんてできないだろうから仕方がない。

　そもそも、俺たちに余裕でついてこられている姫さまがイレギュラーなのだ。

　いくら魔道具があるからといって、それを十全に使いこなして本職の狩人も舌を巻くような動きができるというのは、これは尋常なことではない。

　優秀な道具を使いこなすだけの才覚の持ち主、ということである。先日の実習の時点で、その適性についてある程度わかっていたとはいえ、だ。

「犬亜人が襲ってきた場合は、全員で即座に逃げます。戦闘は考えないように。殿下も、その点についてはよく承知しておいてください」

「無論です。そもそも、わたくしがこの服をまとってこの地に参ったのは、百年前の盟約に従ってのもの。戦うためではございません」

細かい打ち合わせを重ねた。

ちょっとでも齟齬《そご》が生じれば、寸刻を争う現場でためらいが起き、それが大きな事故に繋がる。ましてや今回は阿吽《あうん》の呼吸で動ける慣れたチームではなく、寄せ集めだ。互いに、これまでは常識と思い込んでいた部分に勘違いが生じる恐れは充分にあった。

狩人たちはいざというとき、俺のフォローを。姫さまは、最悪の場合に備えキャンプ地に戻る用意を。クルンカは姫さまの警護を優先。

皆が準備を調え、俺たちは改めて、散開する。

俺はただひとり、武器を持たず、わざと足音を立てて、風上から、洞穴を警護する犬亜人たちの前に堂々と姿を現す。

さて——どう転ぶやら。

彼らは草むらに寝そべったまま、赤い双眸でこちらを鋭く睨み、ぐるる、と威嚇するような声をあげた。

俺がこのとき使っていた魔法は、ふたつだ。

聴覚強化の魔法と声帯変化の魔法である。

ファーストが教えてくれた魔法だ。ヒトであっても犬亜人の言葉を聞くことができるように、と。同時に、犬亜人の言葉を話せるように、と。

彼女は更に、彼女が知る限りの犬亜人の言葉の文法と単語を教授してくれた。

俺は嬉々《きき》として、セブンは少し面倒くさそうな態度で、ファーストの講義を聞いていたことを懐かしく思い出す。

学ぶというのは楽しいことなのだ。

特に言語を通じての犬亜人の持つ社会性とはどういったものか、彼らがヒトとどう違うのか、といったファーストの話には胸が躍った。

彼らの文化を学ぶことが将来何の役に立つか、などということはどうでもよくて、ただ学ぶことそのものが愉快だったのである。

それが、いま、こうして役に立とうとしていた。ファーストは絶対にこんな日が来ることは想定していなかっただろうから、何が幸いするかわからないものだ。

「ヒトを探している。薬草を採集しに来たヒトたちだ」

俺の口から犬亜人の言葉が流れ出ると、彼らは耳をぴくんとさせたあと、顔を見合わせる。

一体が、素早い動きで身を起こし、四足で駆けて洞穴の中に消えた。残る三体が、すっくと二足で立ち上がり、俺をじっと見つめてくる。

俺が武器を抜いていないからか、向こうも腰みのに差した手斧《ておの》には手を伸ばさない。

俺はもう一度、同じことを言った。ついでに薬草の名前も告げる。

「森の外では騒ぎになっている。知っていることがあれば、教えて欲しい」

「何故、ヒトが我らの言葉を話す？」

くぐもったうなり声と共に、相手はそう訊ねてきた。少し聞こえにくいが、うん、大丈夫、充分に理解できる。

「友に教えて貰った」

「きさまの友は、我らの同族か？」

「耳長族だ」

「ヒトには我らの音は聞こえないはずだし、ヒトでは我らの声を出せぬはずだ」

「魔法で口と耳を調整した」

魔法、という概念を彼らが理解しているかどうかわからなかったが……。

どうやら彼らにも魔法の使い手はいるのだろう、なるほどと唸《うな》り声《ごえ》をあげていた。

ふむ……さて、と。

そうこうするうち、洞穴からぞくぞくと犬亜人が出てくる。四体、五体……全部で八体か。

俺と話をしていた奴らと合わせて、合計で十一体。そのうち粗末な槍《やり》や手斧を握っている者は八体だけだ。

まあ、武器を持たずとも、彼ら一体だけでヒトの狩人の数人程度なら始末できるほどのちからがあるのだが……。

種族が持つ基礎的なちからの差、膂力や森に最適化された機動力といったものの絶対的な差は、武器の有無を軽く凌駕《りょうが》するのである。

長老、かね。

と——彼らのいちばん後ろに立つ、少し腰が曲がった個体が、他の個体を退けて前に進み出る。

犬亜人の集落には、群れの長《おさ》の他に長老と呼ばれる長生きの個体がいることがある。長老は群れの長のようにものごとの決定権は持たないが、群れの長に意見し、強い影響力を持つとファーストが言っていたことを思い出す。

「この地を騒がせるヒトの仲間か」

「騒がせたつもりはないが、薬草を採集しに来たことであなた方に迷惑がかかっただろうか」

「我らの言葉で偽りを語るな！」

長老は、怒りのこもった言葉を吐き出す。同時に、うなり声をあげた。

まずいな、まわりも殺気立ってきた。というかこれ……何だ？　微妙な違和感がある。

何というか、話がすれ違っているような……どこかで翻訳をミスっているのか？　おい、ファースト？

「言葉に間違いがあったなら、謝罪したい。俺は薬草を採りに来たヒトの仲間だ。森の外からこの地に足を踏み入れたはずの彼らが帰ってこない。だから捜しに来た」

「ヒトは嘘《うそ》をつく！　我らを騙《だま》し、殺す！　許せない！」

長老がヒートアップしてる。挙げ句、槍持ちの護衛とおぼしき犬亜人の手から槍を奪い、俺に向かって突きつけてきた。

「我らの長はきさまたちに殺された。我らはきさまたちを許さない！」

は？　長を？

「待て、待て、待て！　長を殺した？　あいつらが？　何があった!?」

「嘘つき！　殺す！　我らに銀竜の加護あり！」

銀竜の加護あり、とは彼らの慣用句で、そこに正義がある、というような意味だ。うん、これ何かがおかしいというか……へんなところでこじれてる。

どうする？　いったん逃げるか？　と思ったところで、ざわめいていた犬亜人たちが、一様に黙り込んだ。

彼らは一斉に、俺の後ろの方を見る。

あー、まさか。俺はそっと振り返る。

白いドレスをまとった姫さまが、いつの間にか、俺のすぐ後ろに立っていた。

「殿下、ここは危ないので……」

「彼らの言葉をわたくしに訳しなさい」

「いや、その……」

「ここまでのお膳立て、大儀でした。以後、あなたは通訳に徹すること。これは王から全権を受けた者の命令と心得なさい」

俺は黙って頭を下げた。

かくなる上は、致し方なし。

犬亜人の長老は、姫さまの登場に尻尾をピンと立て、目を大きく見開いていた。

傷病を除いた場合の彼らの寿命は、意外にもヒトよりかなり長いというから、ひょっとしたら百年前の当時の出来事を知る者なのかもしれない。

姫さまは、昔の盟約について情報の欠落があることを詫《わ》びた後、国を代表していま彼女がここにいること、ふたたび交流を望むことを、俺の翻訳を通して伝えた。

犬亜人の側は、長老が冷静な、しかし冷たい態度で、もはや盟約は過去のものであり彼らに王国と交渉する意思はないこと、ヒトの侵略を彼らはけっして許さないこと、断固たる態度で森を守るため戦うつもりであることを伝えてきた。

やはり、何かがおかしい。

未知のファクターが壁として立ちふさがっている。

だが姫さまは、なにごとか言いかけた俺を目で制した。黙って通訳を続けろ、ということらしい。

「我が国が送ったヒトは、数日前にこの地に立ち入った、薬草を採集する者たちだけです。彼らは銀竜の名を呼ぶ音を出す魔道具を携帯しておりました。それ以外のヒトは、我が国に認められていない密猟者です。もし密猟者についての情報もお持ちでしたら、提供していただけませんか」

続いて姫さまが語ったことの内容に、俺は驚く。動揺しつつも、そのまま犬亜人の言葉に翻訳した。

はたして長老は胡散臭《うさんくさ》そうな目で俺と姫さまを睨みつつも、「きさまたちの言葉など信じられるものか」と返答する。

これで確信できたとばかりに、姫さまはゆっくりとうなずいてみせた。

「初めから、想定のひとつではあったのです。国が知らない勢力がこの地に関わっていること。それによって、犬亜人であるあなた方の安全が脅かされ、連鎖的にこの地の森が不安定化する懸念。最悪を考えて、王はわたくしをこの地に送り出しました」

王都のすぐ近くに通じるこの一帯は、この国に恵みをもたらす土地であり、同時にウィークポイントでもあるのだ。

百年前の王家はそのことをよく知っていて、だからこそ犬亜人との交流を持った。

国のちからが強くなり、犬亜人との関係が崩れたことにより、懸念は薄らいだ。だがゼロになったわけではなく、いつなんどき、森の内部で勢力バランスが崩れるかわからない。

そして、それを起こすのがヒトである可能性は極めて高いのだと……王家は、そう考えた。

とうてい手がまわらぬとしても、常に耳をそば立てて、狩人からの報告に目を通していた。

森から異常なシグナルが出ていないか、警戒し続けていた。

だからこその、いまの姫さまの言葉なのだ。外から入り込んできたヒトが、森の中で、王国に知られず活動している。

いや、これはもはや暗躍と言ってもいいだろう。

俺たちのあずかり知らぬところで犬亜人の集落の長が殺されたことは、先ほどの長老の言葉で確実なのだから。

そんな状況に陥っていることを、俺たちはまったく知らなかった。薬草の採集に出た部隊が消息を絶っていなければ、いまもまだ知らずにいたに違いない。

「我が国は、先日、南から攻め入ってきた数千の軍勢を退けました。それは我が国にとってひどく辛《つら》い戦いでしたが、結果として完膚なきまでの勝利を得ることができました。しかしすべての兵を討ち取ったわけではございません。この森に逃げて、生き延びた敵兵もいたかもしれません」

姫さまは、先日の南の国との戦いについて語った。

ヒトとヒトは争うものである、という前提をまず共有して貰わなければ、この先の話に移れないと、そう丁寧に説いてみせる。

犬亜人であれば、毛の色で争うようなものだ、と俺は補足した。この譬《たと》え話で、長老とその周囲は納得した様子であった。

とはいえ、数千という森では見たこともないであろう数に、いささか動揺していることは隠しきれていない。

彼らの生活様式から考えて、ひとつの集団の上限は、せいぜい数十といったところだろうからなあ。

その百倍など、こちらが大げさに言っていると判断しても不思議ではない。

いや、長老は割と……こちらが嘘をついていないことをしっかりと見抜いているのか、先ほどまでとは違って姫さまをやたらと敬意のこもった目で見ている気がするな。

「あなた方に対して、我が国は長く没交渉でありました。あなた方の長を殺《あや》めた者について、我々はまったく情報を持っていないのです」

その上で、姫さまは訊ねる。

いったいこの地で、何が起こっているのか、と。

はたして、それに対して長老の口から出た言葉は、耳を疑うものであった。

俺は何度も長老の言葉を繰り返し、確認した上で姫さまにそれを伝えた。

姫さまも俺同様に驚き、しかし大きく息を吐いた。賢明な彼女とて、このような事態は想定していなかったのだ。

「つまり、森の奥にヒトの王が現れ、森巨人や森大鬼を束ねて、犬亜人にも支配下に入れと迫ってきた、ということですか」

改めて、彼女はそう口に出す。

それは本当にヒトなのか？　亜人種を束ねた、という情報は真実なのか？　森の奥に消えていた森巨人や森大鬼は本当にこのあたりまで戻ってきているのか？　そもそも、どうやってそのヒトは亜人種たちに言うことを聞かせたのか？

聞きたいことは山ほどあった。だが長老は「群れの長は交渉に赴き、首だけが戻ってきた」という返事を繰り返すのみである。

同行していた部下は、恐ろしいものを見た、と言って震えるばかりであったらしい。

そして、犬亜人たちが洞穴に引きこもって震えていたところ、俺たちが現れた、と。

故に、消息を絶ったという薬草採集部隊についても知らない、とのことであった。

この騒動の以前に来た採集部隊については把握していたが、大人数の場合は手を出さなかった、今回も大人数であれば襲うのは割に合わない、とも語っている。

うん、そのあたりは予想通りなんだよな。結局、俺のつくった魔道具が何の役にも立っていないというだけで……。

「貴重な情報、ありがとうございました」

姫さまは、少し考えた後、少し疲れた様子でそう言った。俺はその言葉を通訳し――。

しかしそこで、犬亜人たちが俺の言葉を聞いていないことに気づく。彼らは耳をピンと立て、腰を低くしていつでも跳びはねられる体勢になり、うなり声を上げていた。

森の奥を睨んで。

「姫さま、お下がりください」

俺は彼女をかばうように、姫さまの前に立ちふさがる。次の瞬間、背の高い茂みを割って、巨大な人影が飛び出してきた。

身の丈がヒトの倍以上あって、緑の肌を持った怪物。森巨人だ。手には巨大な剣を握っている。

巨人の割に身が軽く、特に森の中では非常に危険な相手であった。

この場にいる犬亜人たちが全員でかかっても勝ち目が薄いほどの、正真正銘の化け物だ。

「腹を空《す》かせている！　穴の中に逃げ込め！」

長老が叫び、少しでも時間を稼ごうと犬亜人の戦士たちが身構える。

だが、森巨人が彼らのもとへ到達する前に、こちら側で動いた者がいた。

クルンカだ。少女は全身を光り輝かせ、俺と姫さまのそばを駆け抜けて、猛然と森巨人との距離を詰める。その手には家から借りたという大振りの剣が握られていた。

「先生、ついてこい！　です！」

「応よ！」

威勢良く言い放ったクルンカに続いて、俺も駆け出す。後ろで姫さまが何か叫んでいたが、よく聞き取れない。

森巨人は、己に迫ってくる小柄なふたりのヒトに気づいた様子で、足を止めた。剣を振りかぶる。

ぶんっ、と強烈な風圧が俺たちを襲う。

クルンカは裂帛《れっぱく》の気合いと共に、剣を振り下ろす。烈風が、まっぷたつに切り裂かれた。

「先生！」

「よくやった！」

クルンカを追い抜き、俺が前に出る。

握った右手から炎の鞭《むち》を生み出し、それを振るった。鞭は長く長く伸張し、森巨人の剣に巻きつく。俺は地面を蹴って、高く跳んだ。

森巨人の胸もとへ。

森巨人は蠅《はえ》でも払うかのように剣を握っていない手を振るう。俺は相手の腹部を蹴ってその手を避《よ》けると、さらに一段高く跳躍し、森巨人の顔の前に出た。

森巨人の臭い鼻息を浴びながら、左手に生み出した雷の槍をその目に突き刺す。槍の穂先は森巨人の脳を焼き尽くした。

森巨人は、断末魔の叫びをあげながら倒れ伏し、そのまま動かなくなった。

俺は近くの木の幹を蹴って、クルンカの横に着地する。

「よくやった」

「はい、先生！　先生もすごかったです！」

いえーい、とふたりでハイタッチ。そこで、ようやくわれに返ったとおぼしき犬亜人たちが、歓喜の声をあげた。

「銀竜の息吹！　銀竜の息吹の使い手！　あなたこそまことの銀竜の遣いでありましたか！」

長老が、何やら叫んでいる。銀竜の息吹って、もしかして雷の槍のこと？　この魔法……そういえば原形の魔法を教えてくれたの、ファーストだったな。森の中で周囲に被害を与えずに接近戦をするなら便利だから、って言ってた気がするけど……。

そうか、銀竜の息吹、か。あいつのことだから、そこまで知っていてもおかしくはない。


すっかり好意的になった犬亜人たちであったが、しかし彼らの洞穴のそばに森巨人が出てきたことは重大な脅威の前兆と受け取らざるを得なかったようで、他の巨人の襲来をひどく警戒していた。

俺は少し考えた末、このあたりに惑いの魔法をかけて、ひとまず犬亜人たちが巨人たちに発見されないように手配する。

「数日は大丈夫だ。その間に、何か手を考えよう」

「かしこまりました、銀竜の遣いよ」

長老が、俺にうやうやしく頭を下げる。姫さまが苦笑いしていた。ごめんね、交渉の場で主導権を奪っちゃって……。

「いえ、よろしいのです。むしろ、ここはわたくしがあなたを、よくやった、と褒めるべきでしょう。改めて、よくやりました。おかげで事態は前に進みました」

姫さまは、クルンカにもねぎらいの言葉をかける。クルンカは恐縮して、ぺこぺこ頭を下げていた。

「ひとまず、キャンプに戻りましょう。これからの方策を相談しなくては」

かくして、俺たちはキャンプ地に戻った。戻るまで、姫さまは歩きながらずっと深い思考に沈んでいた様子であった。

◇　※　◇

森の奥にヒトがいて、森巨人や森大鬼を糾合し、いつの間にか軍勢をつくりあげていた。

犬亜人から聞いたその話は、驚愕《きょうがく》のひとことである。

その情報を聞いた待機組は、さっそく活発に議論を始める。

このまま情報収集を続け、森巨人や森大鬼の脅威の度合いや彼らを集めたというヒトについて探るべきか。それともいますぐ引き返し、森の奥の異変を報告するべきか。

ことここに至り、行方不明になった狩人たちの捜索は二の次となってしまった。

彼らと顔見知りである狩人たちも、行方不明になった者の友人である俺も、そしてクルンカも、そのことに異議はない。

森巨人や森大鬼がきちんとした指揮のもと統一した行動を取るというなら、これは森の中にひとつの国ができたのと同じことである。

彼らが森の浅層までを領地としたなら、王国はこの脅威に隣接することになる。狩人たちが森を自由に使うこともできなくなるかもしれない。

この亜人種の軍勢が森の外に攻め寄せてきたとしても、さすがに王都の手前の草原で食い止めることができるとは思うが……。

少し考えただけでも、この亜人種の国は無数の嫌がらせで王国を困らせることができる、と姫さまは言った。

「たとえば、そうですね。森を封鎖し、南の国の軍勢だけを安全に通してやるとか」

初手で出てきたえげつない戦略に、狩人や冒険者たちが呻《うめ》く。南の国の脅威は、まだ記憶に新しい。

「それが実際に行われないとしても、示唆されるだけで、我が国は劣勢を強いられるでしょう。前回のような逆転劇は、二度と演じることができないでしょうから」

姫さまの懸念は、この地に住む誰もがよく理解できるものだった。

というか、誰もがよく理解できるように表現するのが上手いんだよな、このひと。

「森巨人や森大鬼を集めた者は、ヒトなのでしょう？　その者と交渉することはできませんか？」

冒険者のひとりが意見した。姫さまは、もちろん、とうなずく。

「その者と話し合うことは既定路線です。ですが、わたくしが王より賜った権限は犬亜人との交渉に関するものだけ。それよりもはるかに大きな勢力の台頭など、完全に考慮の外でありました。今後の方針については、王や軍と話し合う必要がございます」

ことは軍事も絡んでくる。

というか、場合によっては兵の配備に大幅な変更が生じるだろう。

とうてい、己が与えられた権限を超えている。そういったことを、姫さまは正直に語ってみせた。

メルベルが姫さまに非難の視線を向けている。本当は、こんな発言を王宮の外に持ち出してはいけないのだろう。

しかし姫さまは、いまは彼らによく納得した上で意見を出して欲しい、と考えているようだった。

あるいは、これは俺への説明も兼ねていて、俺に何か画期的なアイデアを出して欲しいのかもしれないが……。

無理だからね。別に俺は、いつでもどこでも名案を出せる軍師さまとかじゃないんだよ。

以前、南の国が攻め入ってきたあのときは、たまたますべてが上手く嚙み合っただけなんだから。

あんな幸運は二度とないだろう。

そもそも、あれもあれでリスクの高すぎる作戦だったのだから、二度とあんな無謀は試みるべきではないのだ。

とはいえ……と俺は挙手し、ひとつ提案する。

「俺ひとりを残して撤退、俺はもう少し、ひとりで調査する、というあたりが妥協点な気がします」

「どこが妥協点なのですか、どこが！」

姫さまが、思いきり身を乗り出してきた。メルベルが羽交い締めにして、彼女を押さえる。

「殿下、口が悪いですよ」

「悪くもなります！　あなたもまた、我が国にとって貴重な方であるという自覚、よく認識していただきたいですね」

こちらの言葉には、クルンカもうんうんとうなずいていた。

「先生、そういうところありますよねえ」

狩人と冒険者たちは苦笑いで俺の方を見ている。

実のところ、俺ひとりの方が動きやすいんだよな。いろいろと、他人には見せられない奥の手があるし……。

「では、俺を含めた半数でもう少しだけ偵察し、残りが撤退、ではいかがですか。消息を絶った友の捜索も含めて、もう少しちからを尽くしたいと思うのです」

「行方不明者の捜索については、いま、重視するべきではありません。情は理解いたします。ですが、ことはもはやそのような段階ではございません」

「もちろん、情報を集めるついで、という形です。ここで少しでも情報が集まるかどうか、国の命

運すら分けるのでは?」

それはその通りだったのか、姫さまは黙ってしまった。

結局……。

「くれぐれも安全を第一に。身の危険を覚えたらすぐに撤退すること」

以上を条件として、半数がこの場に残り、いましばらく森の奥の情報を集めることとなった。

誤算だったのは、メルベルとクルンカがこちらに残ることになった点であろう。

メルベルはまだ脚の怪我が治りきっておらず、迅速な撤退に際して足手まといになる、という判断であった。

クルンカについては、やはり彼女の友の父親が心配だから、というのがひとつ。女性が怪我をしたメルベルひとりでは満足なケアが難しいから、というのがもうひとつだ。

「いざとなれば、わたしは見捨ててくださって結構ですので。姫さまも、その点については承知しておられます」

姫さまに後を託されたメルベルは、そう宣言するものの……。

「見捨てませんから、安心してください。ねえ、先生!」

苦笑いするクルンカの言う通りだ。

姫さまの考えは、わかるよ。俺たちが無茶しないように、あえて懐刀をここに残したのだ。

まったく、しゃらくさい。そんなことしなくても、俺は無茶なんて……。

いや、ちょっとはしたかも?

うん、上手い手だな……ちっ。

この場に残ったのは、俺とメルベル、クルンカの他に狩人がふたり、冒険者がひとりである。狩人はもとより、冒険者の中年男も偵察を得意としている者のようだ。

時刻は夕方。明日以降の段取りを立てて、犬亜人の縄張りの外で見張りを立てながら休むことにする。

「集水の水筒、こうなるとすごく便利だな……。川の近くに陣取る必要がないから、キャンプ地の候補が大幅に広がる」

「ええ。このアイデアを無料で広めてくれた方には感謝しかありません」

そんなことを、狩人や冒険者と語り合った。暇をしているメルベルとクルンカが、昼間も随時、集水の水筒を使って水を溜めてくれていたから、キャンプ地では水にまったく困らなかったのである。

ふたりの少女が水浴びをする余裕すらあった。俺たちも、と勧められたが、そこはあえて断っておく。

「この森の奥で清潔な臭いがしたら、それは逆に怪しいからな。臭くて悪いが、仕事が終わるまでは獣の臭いのままの方が安全なんだ」

狩人と冒険者たちがそう言うと、メルベルは少し顔をしかめ、それから「浅慮でした」と素直に頭を下げた。

クルンカは「先生がそうおっしゃるなら、わたしも水浴びしません！」と言い出したが、そこは

「水浴びには、病気の元を洗って清潔にするという意味もある。メルベルの看護をするなら、しっかり身を清めなさい」と諭しておく。

「さて、見張りの順番を決めよう。そこの女性陣以外で四人だから、ひとりずつ四交代で——」

◇　※　◇

見張りが交代し、俺ひとりの番になったところで、俺は、ひとりでキャンプ地を抜け出すことにした。

うん、最初からそう決めていたのだ。

見張りをサボって皆が襲われた、などということになっては元も子もないので、とっておきの結界の魔法でキャンプ地全体を包んでおく。

一般的な認識阻害を用いたタイプではなく、空間そのものを捻《ね》じ曲げてしまう強力なものだから、これで彼らは絶対に安全である。

俺が結界を解かないと、出ることもできなくなっちゃうんだけどね。耳長族の里を守る特殊な結界を小規模化したもので、昔、ファーストに教えて貰った、本来は門外不出の魔法であった。

ファーストからはけっこうガチめな声色で「魔法に詳しい人の前で使っちゃ駄目だし、誰かに教えるなんてもっての外。破ったら一生恨む」と言われているから、俺も滅多に使わない魔法である。

だがまあ、今回、ここでこれを使うことに関しては、彼女も文句を言うことはないだろう。

はたして、結界を張ったキャンプ地からしばし離れたところで、羽音が響く。

月のない闇夜、森の枝葉の間を縫うようにして、漆黒のカラスが舞い降りてきた。

ファーストの使い魔だ。

カラスは俺の頭に着地する。

「ぼくへの目印であんな結界を張るものではないよ、きみ」

とさっそく苦言を呈してきた。

「で、何があったというのかね」

「たぶん、ファースト、きみも興味を持つ話だ」

俺は、昼の出来事をざっくりと語ってみせた。ファーストの使い魔は、俺の頭の上で黙りこくっている。

俺はその間も、暗視の魔法を使いながら早足で森の奥へとずんずん進んだ。やがて、ファーストの使い魔が深いため息をつく。

「きみは、森の奥で森巨人や森大鬼を糾合したヒトこそがセブンだと思っているのかね」

「可能性はある、と考えた。状況証拠の積み重ねからの推測だ。そもそも、巨人たちを支配下に置くなんてことができる者があいつ以外に何人もいるとは考え難《にく》い」

「セブンがどんな目的で動いていると思うんだい？」

「現状、判断の材料が少ない。直接、あいつと話してみるしかないと考えている」

「だから、こうしてひとりで出てきたわけだ」

「ファースト、きみは以前、犬亜人の言葉を教えてくれた際、こう言っていた。『森巨人や森大鬼の言葉も、犬亜人の言葉と似たところが多い。犬亜人の言葉を覚えておけば、応用が利く』と」

「言ったね。事実だ」

「セブンに森巨人や森大鬼の言葉を教えたのか？」

「触りだけだが、教えた覚えがある。ぼくも、あのあたりの言葉に詳しいわけじゃなくてね。カタコトで意思の疎通ができる程度なんだ」

「そんな理解度で、よくもまあ『応用が利く』などとでかい口を叩《たた》けたな」

「実際にぼくが、応用で何とかしていたからね。まあ、あいつらに対するたいていの交渉は、ぼくのことをおいしいご飯だと考える彼らと意見の一致を見ることなく終わったわけなのだが……」

つまりは、交渉で平和裏に終わったことはない、と。常に戦いか逃走か、になった、と。

森巨人や森大鬼にとって、ヒトなどあまり食いでのない食料にすぎない。

いや、そんなことはどうでもいいのだ。重要なのは、今回の一件、背後にセブンがいるかどうか、という点であった。

「我々の本質は研究者だ」

カラスは告げる。

「仮説があるなら、実験あるのみ。きみが真実を確かめに行くと言うなら、ぼくも同行しよう。あいにくと、この使い魔を通して、ということになるがね。援護は期待しないでくれたまえ」

いくらファーストでも、使い魔を介してでは、ほとんど魔法を使えない。

専用の装備や、あらかじめそれ用の使い魔をつくっておくならば話は別だが、このカラスにはそういう機能は付与されていないようだ。

戦闘になれば、俺ひとりですべてを切り抜ける必要がある。まあ、それは望むところ、なのだが。

「ファースト、きみの知識だけでも心強いよ」

「実際のところ、正面から殴り合うならぼくは足手まといかもしれないからね。きみたち短命の種に知恵だけ提供する程度が、ぼくにはふさわしいのだろう」

彼女とてひとりで己の身を守る程度のことは充分にできるだろうから、これは謙遜だ。

そうでなくては、この乱れた世の中で、あちこち気ままなひとり旅など難しい。

「それじゃ、一気に行くか」

俺は身体強化の魔法をかけて、地面を蹴った。

爆発的な加速で宙を舞う。

太い樹の幹を蹴って方向転換しながら、森の奥へ、奥へとひた走った。足もとが悪く障害物の多い森の奥なら、これがいちばん手っ取り早い。

カラスが振り落とされて、慌てて羽ばたきながら追従してきた。

「ぼくの使い魔を、もっと丁寧に扱えないのかね。そんな乱暴なことだから、さっきの側付きにも冷たい目で見られるのではないかな」

「会話を聞いてたのかよ!」

「いや、おおよその推測だ。きみが世間でどう見られているかくらい、よく承知しているつもりだからね。だが、どうやら推測は的を射ていたらしい」

「こんにゃろ、かまをかけやがったな!?」

「この程度の誘導にひっかかる方が悪い。きみ、この国の姫さまを相手に、迂闊《うかつ》な情報を抜かれていやしないかね」

「ちょっと自信がないんだよな……」

「おいおい、困るよきみぃ。しっかりしてくれたまえよ」

高速で移動しながら、カラスと会話する。このあたりには周囲に大型の魔物の気配がないし、亜人種もいないようだ。

いや、っていうか静かすぎるな。森の深層ってこんなもんだっけか……?

「肉食の魔物の数が極端に減っているのではないかね」

カラスが、ぽつりと呟いた。俺は地面を覆う下草の上に着地する。

「少し待ってくれ。調べる」

糞尿《ふんにょう》探《さが》しの魔法を行使する。さまざまな生き物の排泄物《はいせつぶつ》だけを探知する魔法で、狩人の役に立つかもと考えたのだが、肝心の狩人たちからは「難しすぎて覚えられない」とさんざんだった失敗作である。

「興味深い魔法を使うね。後で教えてくれたまえ」

「そのうち、な。やっぱりだ。大型の生き物の糞尿がほとんどない。森の生態系がぶっ壊れているんじゃないか」

「そりゃあ、森巨人や森大鬼がひとつところに集まれば、肉の消費量も半端ではないだろうね」

「そういうことか……。セブンのやつ、それくらいわかっていただろうに」

「予断はよくないな。必ずしもセブンの仕業とは限らないだろう」

それはそうだ、が。俺は舌打ちして、ふたたび高速で駆け出した。

あっという間に、昼に来た犬亜人の洞穴の付近を通り過ぎた。

更に森の奥へ。鈴の音のように鳴く虫や木の枝で囀《さえず》る鳥、草むらを這《は》いずる多足の生き物など、ちいさな生き物は普段と何ら変化がないようだ。

しかし狼《おおかみ》や猪《いのしし》、獅子熊《ししぐま》や黒翼蛇といった中型から大型の痕跡は、すっかり消えてしまっている。

当然だろう、森巨人や森大鬼の群れがこのあたりまで出張ってきているなら、そのあたりにいる生き物など瞬時に喰《く》いつくされてしまう。

森には命の連鎖がある、と以前、師がおっしゃっていた。

例えば害獣として嫌われるネズミのような生き物をすべて退治してしまったら、どうなるか。

まず、ネズミを捕食して生きる猫のような獣が困るだろう。ネズミの糞は微小な生き物の栄養となり、それらの生き物を食べるもっと大きな生き物の糧となっているから、そうした生き物同士のバランスも崩れてしまう。

「だから何もしないのが一番だ、というわけではないよ。ひとつアクションを起こせば、必ずいくつものアクションが返ってくる。それはよいものかもしれないし、悪いものであるかもしれない。そう理解した上で、自らが生きるために動きなさい」

同じ講義を聞いていたセブンは、あのときの師の言葉を覚えているだろうか。ふと、そんなことを考えた。

あいつめ、いったいどれだけの人々に迷惑をかけているのか……いや、あいつは他人がどうなろうが知ったことじゃない、と宣言するかもしれないが。

まあ、そういう奴なのだ。自分勝手が服を着て歩いている。そんな表現が適切な輩なのである。

別に悪い奴じゃないのだが。

というかむしろ、お節介焼きで正義感に溢《あふ》れていて、一般的に言えばいい奴の部類なのだと思うが……面倒くさい奴、というのが、もっとも的確な表現かもしれない。

「ぼくはね、意外とこう、ヒトの表情から感情を読みとるのが上手いんだよ。これでも長生きだからね」

「何が言いたいんだ、ファースト」

「きみはセブンのことを面倒くさい奴だと考えているようだが、きみだってだいぶ面倒くさい奴だよ」

心外である。俺なんて研究さえ与えてくれればいつまでも遊んでいるような、害のない一般人にすぎない。

「だからその顔……うーん、もういいか……」

何故かカラスは、呆れたように、かぁと鳴いた。

森巨人や森大鬼が集まれば、そりゃあもう絶対に派手な爪痕が残るし、場所の特定なんて簡単だろう。

そう慢心していたのだが、甘かった。

ざっと魔法で周囲を探知した感じ、さっぱり巨人種の痕跡が見つからない。

というかこれ、巨人とおぼしき足跡すらないぞ。

昼に出た森巨人はどこから来たんだ？　と首をかしげていると、カラスが口を開く。

「セブンが絡んでいるなら、痕跡の消去くらいやってのけるのではないかね？　犬亜人には、勧誘と威圧のためにわざと存在を仄めかしたのでは？」

ファーストの声に、はっとする。

そうか、こちら側の情報源が犬亜人だったから、少し勘違いしていたのかもしれない。

「ぼくはこの使い魔からではロクな魔法が使えない。きみの方で何とかしたまえ」

言われずとも、タネさえわかれば、それくらいやってやるさ。

俺は、対探知魔法を探知する魔法を行使する。

そりゃね、対探知魔法は最近、学院に張った結界にも絡んでるくらい、俺が気にかけている分野だから。

それに対する対抗魔法も、当然、自分用に開発してある。

おっ、反応が返ってきたぞ。ああ、これ……俺が学院で発表した魔法理論をちょっといじったヤツだな……。

あ、ちょっと面白い改造してる。へー、こんな回路あるんだ、じゃあこっちはどうなって……うわっ、罠《わな》だ。こわっ、でも上手いなあ……この発想はなかった、やるな、セブン。じゃあえーと。ここをちょいと……おっ、いい反応、それじゃ次はこっちを……。

「きみ、きみ、きみ。こんなときにあれこれ実験するんじゃない。場所をわきまえたまえ。ええい、この……っ」

カラスが、俺の頭にとまって、嘴《くちばし》でつっついてくる。

わあっ、痛い、やめろやめろやめろっ！

◇　※　◇

巨人種たちの拠点は、認識阻害の結界さえ解析してしまえば簡単に発見できた。

起伏に富んだ森の中に存在する、小高い丘の上、そこから見下ろせる渓谷。

その谷の底に、二十軒ほどの、ちょっとした村が存在したのである。

石造りの頑丈そうな建造物が、いくつも立ち並んでいる。普通のヒトの家のように見えるものの、それぞれがヒトの家の三倍以上はある巨大な建物であった。

谷の入り口には、石を積み重ねてつくった高い壁がある。その壁の中央に木組みの大きな門が据えつけられ、門の上には森巨人と森大鬼、彼らの使役種族である小鬼が仲良く並んで、谷の外を油断なく睨んでいた。

明らかに、森巨人や森大鬼が持ちうる技術の産物ではない。

こんなものが以前からこの谷に存在したなら、とっくの昔に誰かが発見し、それをギルドや学院に報告していることだろう。

貴重な、他種族の文明の遺産。そんなもの学院の一部研究者がよだれを垂らして研究対象とするようなシロモノであるのだから。

よって、この場にこれをつくった者は、比較的短期間にそれを成し遂げたということになる。森巨人や森大鬼を率いているというヒトこそが、その主犯であろう。

「これもう、絶対にセブンだよね」

そばの木の枝にとまったカラスが呟く。

「セブンか、セブンに入れ知恵された誰かの仕業だよ」

「だよねえ」

俺とカラスは、お互いに同意を示す。

建築様式、あいつが詳しい大陸西群島のやつと一緒なんだもんなあ。群島地域は潮風が強いから、ぱっと見てわかるくらい、大陸のものとはつくりが違う。

高床式なのも、そう。でも高床式の住居は、森の奥の谷というシチュエーションに普通にマッチしているな。

そんなことを、ファーストと語り合う。

すると、背後に気配を感じた。

振り向くと、そこにひとりの男が立っていた。やせぎすな身体に大きな黒い外套《がいとう》を羽織った、初老の男だ。

五十かそこらの、冴《さ》えない人物にしか見えない。

しかし、こちらを静かに見つめてくるその漆黒の眼《め》には、落ち着いた知性の輝きが宿っている。

男は手にした大杖《おおづえ》を地面に突きながら、二歩、こちらへ歩み寄り……俺から十歩ほどの距離を置いて、立ち止まった。

「セブン」

カラスが、ファーストの声で呟く。

呼ばれた男は、木の枝の上にとまるカラスにちらりと視線を移し、「ファーストか」と吐き捨てた。

「久方ぶりに友人を訪ねたのに使い魔とは、相も変わらず、礼儀の欠片《かけら》もないな」

「きみの攪乱《かくらん》にまんまとひっかかってね。いまは新興諸国を漫遊中さ。まさか、都会派のきみがこんな森の奥にいるとは思ってもみなかった。野生に帰った気分はどうだい」

「野生？　とんでもない。ここには文明がある。見ろ、彼らは自分たちの手で家を建て、壁をつくり、この地を要塞にしてのけた」

カラスが、ファーストの声で高笑いする。けたたましいその声は、谷で寝ていた巨人たちすら飛び起きそうなほど大きかったが……。

しかし、見張りの巨人たちも、谷の中も、静まり返ったままである。

うん、上手くいった。

「沈黙の結界か」

セブンが口の端をつり上げ、呟く。

俺はせいぜい自信ありげに、にやりとしてみせる。

「そりゃあ、結界のひとつも張るさ。きみとの会話を無粋な輩に邪魔されたくないからね」

「このわたしが、この場から彼らに連絡する方法をひとつも持っていないとでも思っているのか？」

「連絡するとしても、きみはしない。何故なら、ここにいるのは俺ひとりだからだ。ファーストの本体も一緒だったら話は別かもしれないけどね。いたいけな後輩を数で袋叩きにするような真似《まね》は、きみの矜持《きょうじ》が許さない。そうだろう？」

「きみはどれほど、わたしのことを知っているというのだ」

「知らないさ。でも、きみだって俺のことを、思っているほど知りはしない」

さて、と。こんなところで言葉遊びをしていても仕方がない。さっさと本題に入るべきだろう。

俺は樹上のカラスに目線を送る。

心得た、とばかりにファーストは使い魔の口を大きく開けさせた。

「セブン、師の一番弟子として、ぼくはきみに問いただす。きみは師のどのような言葉に従い、このような真似をした」

「どのような？　師は自らの言葉を絶対視することを、なによりも望まなかった。わたしが従っているのは、師の志だ」

「その志とは、何だ。いたずらに戦乱を広げ、いたずらにヒトを苦しめ、いたずらに殺める。それが師の志に沿うこととは、ぼくは思えない」

ファーストの言葉は、いつになく鋭い。彼女にも、これまで思うところが数多あったのだろう。世の中は、ただでさえ混乱している。なのにセブンは、その混乱をいっそう助長させているようにしか見えない。

それは、ありし日の大賢者の思想とは相容《あいい》れない。少なくとも、その一点で俺とファーストの意見は一致していた。

だがその言葉を聞いて、セブンは高笑いした。月のない闇夜を見上げ、哄笑《こうしょう》した。

何がおかしくて仕方ないのかはさっぱりわからなかったが、俺とファーストはそんなセブンを、ただじっと睨み続けた。

「ヒトを苦しめ、殺める。それは師の教えの結果にすぎないよ。きみたちは、何もわかっていないんだ」

「ふむ」

ファーストは、その言葉に考え込むような呟きを返した。

「続けてくれ、セブン」

「そもそも、だ。ファースト。きみは、ヒトではないきみは、誰よりも疑念を抱いたのではないか。何故、師はヒトを選ばれたのか。何故、数多あるこの大陸の生き物の中で、ヒトに知識を与え、導いたのか。たとえば耳長族でもよかったはずだ。そう考えたことはなかったのかね」

「師の一番弟子はぼくだよ？　師は、別にヒトだけを選んで知識を与えたわけじゃない」

「その通りだ。では、森巨人や森大鬼でもよかったのではないかね」

俺は顔をしかめた。

「きみは、森巨人や森大鬼にとっての師となろうとしているのか？」

思わず、口を挟んでいた。セブンは、これみよがしに口の端をつり上げる。

「ラスト」

そして、俺の名を呼ぶ。

「師の最後の弟子よ。きみなら、わたしのことを理解してくれると信じていた」

◇　※　◇

セブンの生い立ちについて、詳しくは知らない。彼と師の繋がりは俺が師と出会うずっと以前からだ、ということくらいか。

いや、もうひとつ。十歳かそこらで、何かのきっかけで師に拾われて、以来、師と共にいるというのは聞いたことがあった気がする。

師は、彼の後にも何人か弟子をとった。

しかし現在、この世にいる大賢者の弟子は、俺を含めて三人だけだ。最初の弟子、七番目の弟子、そしてこの俺、最後の弟子。

ラスト。俺は師や師の弟子たちにそう呼ばれていた。師が、これ以上の弟子を取らないとそう決めた証《あか》しである。

「ラスト、きみは師の亡きあと、ヒトが師の教えを守ると思うか？」

「守らなくていいんじゃないか。師はもう、充分にヒトを導いた。これから先、ヒトは自分の頭で考えて、学んでいくべきだ」

五年前の別れ際、俺とセブンはそんな会話をした。

セブンは俺の返事に満足したのかしなかったのか、ただ黙って「そうか」とうなずき、去っていった。

あれからずっと、彼とは会っていなかった。結構しぶといヤツだから、きっとどこかで無事でいるだろう、とは思っていたが。

だけどまさか森の奥で亜人たちをまとめて、彼らにとっての師に、大賢者になろうとしていたなんて。

そんなことは、これまでちらりとも考えたことがなかった。

「セブン、俺にはわからない」

だから、正直にそう返答する。わからないことをわからないと宣言することは、ちっとも恥ではない、そう師から教わっていた。

むしろ、わかったフリをする方が恥ずかしいものだ。見栄《みえ》を張れば張るほど、余所《よそ》からは滑稽に見えるものなのだから。

「そんなことをして、何になるんだ？」

セブンは笑った。明日はきっと晴れるだろう、とでも言うかのような、無邪気で明るい表情だった。

「ヒトは知るだろう。自分たちがいまあるのは、あの方が気まぐれに彼らを教え導いてくれたからにすぎない、という事実を。あの方にとっては、それがヒトであっても、犬亜人であっても、森巨人や森大鬼であってもよかったという事実。ヒトは、己の分不相応な自尊心と傲岸不遜な思い上がりを理解するのだ」

「それだけか？」

「重要なのは、その先だ。ヒトは同格の競争者が現れて初めて、あの方の教えの真の意味を理解するだろう。我らにとっては、当たり前のことを」

「自らの手による発展と進歩。改良と新たな発見。自分たちの足で歩み出すこと……」

「そうだ。師はそれを望んでいたが、三百年を経て、気づいてしまった。己の存在こそがヒトの自主的な発展を妨げているのだと。故に、己の存在を消し去った。その結果が、現状だ」

それはよく知っている。俺だって、この目で師が失われた後のヒトの国々の所業を見てきたのである。

どうすればよいのか、考えたこともある。

その結論は、知ったことか、であった。

俺は研究者としての己に引きこもった。ある意味では、目と耳を塞いでいた、と言われても仕方がないところだ。

セブンは違ったのだ。彼は生真面目で、探求心が旺盛で、そしてつくづく、お節介なやつなのである。

「そのために、森巨人や森大鬼を、ヒトの引き立て役にするのか」

「ただの引き立て役で終わるのか、彼らがヒトを凌駕するのか、あるいは相争う存在になるのか。それはわたしにはわからない。実に興味深い研究課題だ。そうは思わないか？」

「興味深い思考実験だが、きみはそれを現実にしようとしている」

「現実だからこそ、いいのだ。頭の中で考えているだけでは、ものごとは解決しない」

俺は深いため息をついた。もし、俺が他の地に腰を落ち着けていたなら、話は違っただろう。

だがいま俺がいるこの土地は、かつての仲間が愛したこの土地は、かつての仲間の愛《いと》し子《ご》が懸命に守ろうとしているこの土地は、そしていまや多くの人々が俺の友となったこの土地は。

いつの間にか、大切なものが増えてしまった。

だから、首を横に振ってみせた。

「思わないよ、セブン」

俺は、そう返事をする。セブンは怪訝な表情を見せた。

「何故だ」

「好きなものが、できたんだ」

右手の指輪に魔力を流す。同時に、木々の彼方《かなた》で、ちかちか、と相方の指輪が輝いたはずだ。

ふたつの指輪の間で交わされる合図だ。

「守りたいものができた」

森の中で閃光《せんこう》が走った。

闇の中から飛来した矢が、俺のそばを通り過ぎ、セブンの頭部を射貫いた。

セブンの身体はその勢いで吹き飛ばされ、崖から落下する。

大賢者の七番目の弟子は、闇に吸い込まれ、消えていく。

あっけないものだ。だがもとより、彼は戦いが得意ではなかった。

おそらく、自分が死んだことすら気づかなかっただろう。まあ、あれが本物のセブンだと仮定しての ことだが。

「よかったのかね」

カラスが問いかけてくる。

「聞きたいことは聞いた。最低限の目的は、すでに果たした」

軽く手を振って、沈黙の結界を解除する。

ちょうど、森の中から、先の狙撃手たちが駆け寄ってくるところだった。

行方不明になっていた狩人たちである。つい先ほど、彼らが隠れているところを発見し、合流すると同時に情報の共有を行っていたのだ。

もちろん、大賢者の弟子云々《うんぬん》は除いて。

ひょっとすると、森巨人や森大鬼を集めたヒトというのは旧知の間柄の者かもしれない、とだけ語って。

そう、森の奥で行方不明になった狩人たちは、ここの群れに一度襲われ……大きな被害を出しながらも、撤退に成功したのだ。

そして生き残った者たちは、ずっと身を潜めて機を窺っていたのだった。

セブンも気づかぬ、完璧な隠形《おんぎょう》であった。

今回の面子が、魔道具の実験のためとして、学院の試作品をいくつも持ち込んでいたことが功を奏した形である。

俺もその辺にはちょっと口を出しているが、基本的には学院の研究者たちの労作だ。

彼らは、セブンでも手に負えないほどの魔道具をつくり出していた。ヒトは、けっして足踏みしているばかりではない。

とはいえ彼らの食料の手持ちは心細くなっており、明日の朝までに進展がなければ、一《いち》か八《ばち》かで撤退を開始していたとのことで……うん、間一髪だったな。

ちなみに、クルンカの友人の父親も無事だ。

無理をしてでも、ひとりで飛び出して正解だった。

で、そんな彼らの偵察結果を得て、俺はセブンとの会談に臨み……彼らには俺が持つものと対の指輪を渡して、この指輪による合図があるまで手を出さないよう頼んでいたのだ。

仲間を殺され血気に逸《はや》る気持ちはわかるが、まずは交渉したい、と。

狩人たちは復讐《ふくしゅう》を強く望んでいたから、彼らに戦うな、とは言えなかった。

沈黙の結界が張られていても、一部の狩人は得意としている夜目の魔法で、俺の動きくらいは確認できる。

そして、狙撃は見事成功した。

セブンは、彼を名乗る存在は、こうして射貫かれ、崖から落ちていった。

普通のヒトであれば、死んでいるだろう。たとえ大賢者の弟子であっても、である。

「ぼくはいまのうちに、セブンの遺体の確認をしてこよう」

「頼んだ。人形だった可能性の方が高いと俺は考えている」

「ぼくもだよ」

カラスが舞い上がり、そして崖下へと降下していく。

入れ替わりに、狩人たちが到着した。

「おまえのおかげで、仲間の仇《かたき》を取ることができた。だが、おまえの知己という、あの男は……」

「あいつを放置しておいたら、ここの軍勢が町を襲っていたかもしれん。俺は、奴を止めるために来たんだ。だから、姫さまたちには打ち合わせ通りに」

「無論だ。命の恩人の頼み、断るわけもない。おまえも無事に戻ってこい」

それだけ告げて、彼らに撤退するよう告げる。

いくら森巨人や森大鬼でも、頭であるセブンが消えれば混乱するだろう、その隙に、という話である。

狩人たちが立ち去った後。

俺はもう一度だけ、谷を覗き込んだ。

門を見張る巨人たちは、真面目に律儀に、おそらくはセブンに言われた通りに、そこから動かない。

よくもまあ、野蛮な巨人どもをあそこまで調教したものだ。あるいは教化、とでも言うべきなのだろうか。

この里の発見がもう少し遅れれば、はたしてどうなっていたことだろう。

だが、その未来は、もう訪れない。禍根はここで断つ。

「悪いな、未来の大賢者の弟子たち」

魔法を行使する。師から教わった、破壊力という点では最強の魔法だ。

「きみのよさは、そのこだわりのなさだ」

かつて師に、そう言われたことがある。

「きみは相手のよしとするものを柔軟に受け入れる。そのうえで、もしきみがどうしてもこだわりたいものができたなら。そのときは、きみの心の赴くままに動くといい」

当時は、師の言葉の意味がわからなかった。

いまなら理解できる。

どうしてこの魔法を、師が俺だけに教えたのかも。

大賢者が消えれば、遅かれ早かれ、大きな変化が起こる。どの変化をよしと捉え、どれを悪しきと捉えるか。そんなもの、正解は誰にもわからない。

だから、ものごとの変化を絶対的な善悪で捉えるのではなく、俺の好悪で決めろ、と。

少なくとも俺が生きている間くらいは、その役目を担ってみせろ、と。

俺が本当に望まぬ変化であれば、それをこの魔法で消し去ってみせろ、ということだ。

つまり師は、大賢者の弟子が暴走したとき、その後始末を俺に託したのだろう。

俺なんかの感覚を、どうして師がそこまで信頼してくれるのか。

俺が、俺の自分勝手でそこまでしていいのか。

今日まで、その答えは出てこなかった。だから、棚上げしていた。

これが、本当に師のおっしゃる「心のままに動く」なのかはわからない。

ただ、いまの俺にはこの魔法の行使が必要なのだと――そう信じた。

周囲の魔力が谷の上空に集まり、急速に収束する。

虹色の球体が、そこに生まれた。

それは禍々《まがまが》しい輝きを放ちながら、次第に膨張していく。遅まきながら事態に気づいた見張りたちが騒ぎはじめた。

建物から森巨人や森大鬼、それに彼らの使役種族である小鬼や双頭亜人、灰巨人といった多彩な面々が飛び出してくるが……虹色の球体は回転しながら、次第に膨張の速度を増していく。

それは急速に、周囲のあらゆるものを呑み込みはじめた。

最初は木の葉や草や砂を、続いて小岩や小枝を。いよいよもって大岩や樹木までをも呑み込み、己のテリトリーを広げていく。

そしてついには、小鬼の身体が宙に浮き、虹色の球体に呑み込まれ――。

小鬼が、断末魔の叫びをあげる。球体の中で、粉々になったのだ。

ここに至り、ぼんやりと頭上で回転する球体を見上げていた彼らも、己の身が危ういことに気づ

いたようだ。

巨人たちは虹色の球体に背を向けて、谷から逃げ始める。

もう、遅い。すべてを吸引する球体は、一気にその身を膨張させた。

森巨人や森大鬼、その支配下にある者たちまで、谷に存在した、ありとあらゆるものを呑み込んだ。

建物も。壁も。文明の兆しであったそれらをすべて吸収し、粉々に砕き、広がり――あらかじめ定められていた時間を過ぎたところで、ぴたりと膨張が止まると、その身は溶けるように消えていった。

すべてが終わった後、谷には巨大な穴が空き、巨人たちの存在は、その痕跡のかけらに至るまで消え去っていた。

ほぼ同時に、カラスが舞い戻ってくる。

「人形だったよ」

ファーストは、短くそう告げると、もう何もかもから興味を失った、とでもいうかのように夜空に舞い上がった。

使い魔は闇夜に溶ける。

◇　※　◇

朝日が昇るころ、行方不明になった狩人の生き残りたちが、野営地にやってきた。

俺はとっくに野営地に戻ってきている。

結界を解除して、見張りを他の者たちに引き継いだあと眠りにつき、そして目覚めたばかりの時刻であった。

ぼろぼろの狩人たちを見て皆が驚き、そして無事を喜んだ。全員が生還、といかなかったのは残念だが、それでも全滅よりはずっといい。

「仲間のひとりは森大鬼に躍り食いされたよ。あいつらは、ヒトを食いながら嗤《わら》っていた」

そんなことを、涙ながらに語る。セブンはああ言っていたが、そんな奴らとの共生などどだい不可能であると、俺は思うのだ。

彼らが遭遇したという森巨人や森大鬼の軍勢の脅威に関する情報は、値千金となるはずだった。

そいつらが全滅していなければ。

「俺たちが戻ってこられたのは、森巨人や森大鬼の軍勢が、森の奥からやってきた化け物に全滅させられたからなんだ」

行方不明だった狩人たちは、俺がつくったそんなストーリーを語ってみせた。

おそるべき魔力を操る魔物であり、谷を集落としていた軍勢を、その谷の存在ごと消滅させた後、森の奥に戻っていったとのことである。

闇夜での出来事ゆえに、破壊者の正体は不明。谷から少し離れた穴に身を隠していたところ、大きな破壊音が響き、おそるおそる覗きに行ってみれば、谷そのものが消滅していたのだ、と彼は語った。

語り手の狩人は俺の知り合いで、ついでにいえば俺から表情変化の首飾りを借りて、服の下につけていた。

「おまえが仇を討つ手伝いをしてくれたから、俺たちはおまえを信じるのだ」

この筋書きを狩人たちが快く承諾してくれたのは、そんな彼ら独特の価値観によるものであるらしい。

森では、すべてが自己責任だ。森の奥から現れる異形の軍勢の脅威が去ったのなら、それ以外のことはどうでもいい、と。ついでに「おまえに貸しをつくる方が、後々有利な気がするしな」とも言われた。

こんな下っ端魔術講師にできることなんて、たいしてないんだが……とはいえ、この借りは高くつきそうである。

「森の奥に何が潜んでいるのか、おそろしいですね……」

「わたしたちのそばに、そんな化け物がいたなんて。軍は知っているんでしょうか」

メルベルとクルンカは、完全にストーリーを信じてくれたようで、恐れおののくように呟いている。

話を聞いていた冒険者たちも、いささか動揺している様子であった。

ともあれ、話は、これで終わりだ。急いで戻っていった姫さまには悪いが、当面の森の脅威は片づき、陰謀の芽は摘まれた。

そのはずである。

後日のこと、研究室に一通の手紙が届いた。

宛名はなかったが、筆跡はセブンのものと一致していた。しかも、俺たち弟子しか知らない暗号で記されていた。

解読したそれは、セブンの謝罪であった。

己のつくった人形たちが制御を離れ、各々の意志で行動するようになったことへの謝罪である。

セブンは師の人形を発展させ、自律的に行動するよう設計した、まったく新しい自動人形をつくり出したのだという。

しかしその人形たちは、セブンの思惑を超えて成長し、それぞれが好き勝手をするようになってしまった。

北で我が朋友《ほうゆう》に討たれた人形も、先日の森での一件を起こした人形も、彼の手を離れた人形たちであり、これは己の不徳の致すところであると、強い悔恨の念と共にそう綴《つづ》られていた。

「人形が暴走って……。セブンのやつ、めちゃくちゃじゃないか」

「さて、どこまで本当なんだろうね」

俺の横から手紙を覗き込んでいたファーストが、鼻を鳴らす。

例の一件のあと、彼女はふらりと研究室に顔を出し、またここに居ついてしまったのである。

で、時々姿を消しては、森へ赴き、セブンの人形がやったことの後始末をしている様子であった。

正直、セブンは彼女にもっと謝罪した方がいいと思う。品行方正な俺と違って、あいつは本当に非常識なやつなのだ。まったく困ったものである。

「きみが何を考えているかはわかるけどね。一度、鏡を見てごらん」

「何のことだ」

「まあ、いい。この手紙の話に戻るけど、セブンがどこまで本当のことを書いていると思うかね？」

ふむ、と俺はもう一度、手紙の文面に目を走らせた。

「嘘を書く理由があるのか？」

「きみが一般的な仕事につけない理由が、いまのひとことでよくわかるよね」

「社会性の欠如について、ファースト、きみに言われたくはないなあ」

まあこいつは、厳密にはヒトじゃないわけだが。

本人はそのあたりについてあまり気にしていないし、そもそも俺よりずっと年上なわけだが。

「まあ、そういう可愛いところもきみの魅力だ、と考えることにしようか」

「生暖かい目で見るのはやめてくれないか」

「とにかく、ね。これがただの言い訳で、実際のところ人形たちの暴走も彼の思惑のうち、というあたりが本当のところなんじゃないか、とぼくは考えているわけだよ」

「わざと暴走させた、と？　何故、そんな無駄なことを？」

俺は首をかしげてみせた。そもそも、あの人形というもの、一体つくるだけでも相当にたいへんだっただろうに。

「さて、ね。ぼくは、そもそも国をつくろうとか、王さまになろうとか、ヒトの行く末を操ろうとか、そんなこと考えたこともないから、彼の動機についてはよくわからない」

「なのに、セブンのやつが嘘をついていると?」

「だって、彼、とことん本心を語らないんだもの。昔から、そうだった。素直なきみは、彼の言葉に納得していたかもしれないけどね」

まるで俺が、何でも真に受ける馬鹿みたいじゃないか。不満そうにファーストを睨むと、彼女はにやりとしてみせた。

「きみの素直さは、研究者としての美点だと思っているよ」

「そうかい。褒めてくれてありがとう。言外の意味は、あえて汲《く》み取らないことにしよう」

「そうだね、きみはそれでいい。この世のためとか、国のためとか、そういうことを考えるのは、他の者たちの役目でいいと、最初から割り切っているのだから」

そうだが? 俺は権力とか集団の利益とか、そういうものから離れたいからこそ、こうしてこの学院で、ただのいち研究者でいるわけだが?

「でもね。誰しも同じ考えとは限らない。ぼくにだって、ぼくの思惑がある。そしてきっと、セブンにも」

「ファースト、きみの思惑について話す気はあるかい」

「ないよ、いまは。でもきみは、そんなことを気にするかい?」

「心底どうでもいい」

別に、話す気がないなら、こちらも聞く気はない。ただでさえ、やりたい研究が山ほどあるのだから。

「そういうきみだからこそ、セブンもこんな手紙を出すんだろうね。とにかく、彼の言葉を素直に受け取るだけでは、その本質を見失うと考えて欲しい。ぼくから言いたいことは、それだけだ」

「考慮はしておく。だが、そういう政治は、俺を放っておいて勝手にやって欲しいんだよ」

「きみの心からの望みは理解しているけどね。セブンがこの国も巻き込んできた以上、勝手ばかりを言ってはいられないんじゃないかな」

そこが頭の痛いところなのだ。本来なら、そういうのは姫さまとかにぶん投げるのだが。

セブンの存在を明かせば、連鎖的に俺やファーストの話も出てきてしまう。大賢者の弟子、という存在が明らかになってしまう。

それは俺の本意ではない。

ファーストもそのあたりをわかっているからこそ、ここで俺を相手に、こんな話をしているのだろう。

「ま、とりあえず、この手紙については忘れて、さっさと焼いてしまうことだ。セブンを味方だと思わない方がいいと、きみがそのことだけ認識してくれればいい」

「厄介だが、了解した。で、きみは？」

「ぼくはいつだって、きみの味方だよ、ラスト。かわいいかわいい、最後の弟弟子」

ファーストは、笑う。

「だからね、この話も、きみにだけはしてあげよう。森の奥にあったものについて、だ。セブンの人形は、ずいぶんと興味深い研究をしていたようだ」

「セブンが、じゃなくて？」

「ああ、人形が、勝手に研究をしていたんだよ。どうやらセブンは、人形に自己学習と自己改造の能力を与えることに成功したようだ。その結果、森の奥に赴いた人形は、ずいぶんと風変わりな魔法を身につけ――それを用いて森巨人や森大鬼を支配下に置いた」

「ふむ、続けてくれ」

「それはね――」

ファーストは、語る。

俺は彼女の話に、真剣に聞き入った。


後日、ファーストに、ふと訊ねた。

「何で北方の新興国にいたセブンの人形は、俺の知り合いの名前を使ったんだろう？」

セブンに、冒険者時代のことを話したことはほとんどないはずだ。あいつは、わざわざ俺の昔の足跡を調べて、人形にその名をつけたということなのだろうか。

「それについては、すまない、ぼくのミスだ。きみから聞いた、かつてのきみの知り合いの冒険。それをセブンに語ったことがある」

「冒険を？　ああ、そのときに仲間の名前も？」

「本当に申し訳ない。こんな利用のされ方をするとは、これっぽっちも思っていなかった」

「ファースト、この件に関して、きみに落ち度はないと考える。誰だって、こんなことが起こるなんて予期できるはずもない」

それにしたって、セブンのやつ、なんで俺の知り合いの名前を……ひょっとして、名前を考えるのが面倒だった、とかそういう話か？

自分に置き換えてみよう。もし俺がセブンの立場だったら……。

あり得る。いちいち名前を考える暇があるなら、その時間は研究に注ぎたい。

「セブンがどこまで考えていたか、次第だね。人形を表舞台に立たせようとするなら、もう少し配慮する気がするんだ。だけど、手紙のことが一部でも本心だと仮定するなら、セブンは人形がここまで派手に暴れるとは思っていなかったんじゃないかな」

「たまたますれ違った旅人が知り合いと同じ名前を名乗っていても、誰も気にしないか。せいぜい、有名人の真似ごとだと思うくらいだな」

「でもね、セブンが少しでも用心していれば、それは防げた事故のはずだ。彼はそこまで不用意な奴だっただろうか」

俺は腕組みして考え込んだ。

うーん、あいつは……わりと、スカタンなところもあるんだよな。俺と違って足もとが見えてないというか。

こと実験となると、後先考えずに突っ走って、師が後始末に奔走した、ということも何度かあった。

セブンはやたらと恐縮していたけれど、師は笑って「次は気をつけたまえ」と言うだけだったんだ。

「ちなみに、ね。実はぼくは、きみの顔を見ればだいたい何を考えているかわかるんだけど、きみだってだいぶスカタンで足もとが見えていない弟弟子だよ」

「そりゃ、きみの目から見れば、誰だってそうだろうさ」

こいつ、見た目は若いけど、実際は弟子歴だけで百年あるわけだからな……。

その割に、人間関係に無頓着なところがあるから、ほうぼうで揉《も》め事《ごと》を起こしていたとは聞くんだけども。

「くれぐれも、警戒を続けることだよ。ひょっとしたら、セブンが期待しているのは、きみが油断することかもしれないのだから」

「あいつが俺を、そこまでして攻撃したがっていると言いたいのか？」

「何もわからない。不気味だ。だからこそ、用心する必要があるという話さ」

ファーストの警戒は過剰すぎる気がする。相手が魔物なら、そりゃあ俺だって用心するし、野盗の類いなら容赦なくやるが、相手は仮にも、かつて同じ者を師と仰いだ者なのだから……。

いや、相手もそう思っているか、という話ではあるのか。セブン本人とは、結局、五年前から一度も会っていないわけだから。

「わかったよ。注意はしておく。きみはこれから、どうするんだ」

「森を探索して、いくつか手がかりが入ったからね。また少し、旅に出る。そのうち、連絡するよ。

この研究室の寝床は、そのままにしておいて欲しい」

そう言い残して、ファーストは翌日、姿を消した。

こいつが勝手に置いていった寝袋、普通に邪魔なんだけどなあ……。

エピローグ

学院の少しお高めな酒場のカウンターで琥珀《こはく》色の蒸留酒をストレートで呑《の》んでいたところ、隣の席にエリザ女史が腰を下ろした。

俺と同じ酒を、ロックで頼んでいる。

「この蒸留酒を氷で割ったもの、うん、面白いね。上の方々は、このような呑み方は邪道だと言うのだが」

「ご老人の時代は気軽に氷を頼めなかったからでは？」

「そうかもしれないね。氷の魔法に長《た》けた魔術師がいつも近くにいるならともかく、魔道具で安価な氷がいつでも手に入るようになったのは、ここ二十年くらいのことだそうだから」

「加えて言えば、このような蒸留酒が一般的になったのも、ここ三十年くらいですね。前々から、製法は大賢者さまが教えていたのですが、魔術師以外がつくるのは少々難しかったとのことで」

俺は、以前に調べた酒の歴史を思い出しながら語る。ちなみにこれは、冒険者時代に酔っ払った老魔術師から聞いた話だ。

その魔術師は貴族お抱えの醸造所をつくって財をなし、その酒の飲み過ぎで職を失った、と自慢げに語っていた。蒸留酒の製造に特殊な魔法が用いられていた時代、酒造魔術師という言葉すらあったほどに稼げていた者もいたのだという。

現在、一流の魔術師にとって、自らの手で酒をつくるような仕事は、あまり実入りがよくない部類に入る。時代は下り、現在の蒸留は魔道具の仕事となったからだ。優秀な魔術師の仕事は、もっと別の、魔道具ではなかなかできないようなものが主流となった。ごく一部、物好きな王侯貴族が、現在も酒造魔術師を雇って、ヒトの手で蒸留酒をつくっているという話もあったりはするのだが……。

「饒舌《じょうぜつ》に語るね」

魔法と酒の歴史について語りながらちびちびとグラスを傾けていると、エリザ女史は少し驚いたようにそう言った。

「前からあちこちの酒場に通っているのは知っていたが、きみがそこまで、酒が好きだったとは」

「冒険者なんて、みんな酒呑みなんですよ」

偏見に満ちた断言をする。エリザ女史は、「それは偏見だと、わたしでもわかる」と笑った。

「ところが、八割くらいは事実なんです。切った張ったが日常の一部になると、どこかで気持ちの帳尻を合わせる必要がある」

「そういうものかね」

「長くやっていればいるほど、心が荒《すさ》むのを感じる。だから、大半は数年で財を築いたら辞めていく」

「死ななければ、だね」

「その上で、ずっと冒険者をやっているヤツもいる。皆、心を平常に保つ術《すべ》を心得ていて、だからこそ酒を浴びることを好む者も多い」

そのぶん身体《からだ》が、特に胃がぼろぼろになるわけだが。どのみち冒険者なんて激しい仕事、どうごまかしても四十代あたりが限界である。

五十代以上ともなれば、後進に道を譲る……と言えば聞こえはいいが、一線を退き指導側や管理側にまわることが多い。

それができずにずるずると続けるヤツもいるっちゃいるが、己の衰えと向き合えない者から死んでいくのだ。

中には、いるけどね。四十過ぎても現役バリバリ第一線の化け物みたいな偵察兵とか。

単騎で王宮に侵入して王の首を刈れる、と豪語する偵察兵とか。

まわりが全員引退したか行方不明になった後もひとりだけ現役の偵察兵とか。

全部約一名だな？　まあ、そういう規格外もいるっちゃいるってことで。

エリザ女史は氷が半分も解けないうちに琥珀色の液体を呑み干した後、二杯目は水割りを頼んだ。

子どもみたいな見た目だから、彼女の存在にバーテンダーが慣れているこういう酒場でなければ落ち着いて呑めないのだ、と自虐を始める。

「世の中、大人のレディに対して失礼な者ばかりだよ」

「うーん、まあ、ええ、そっすね」

恨みがましい目で睨《にら》まれた。

「ずいぶんと失礼なひとりが、ここにいるね」

「俺にだって語彙力の限界があります」

「酔った勢いで殴っても許される気がしてきたよ」

「まあ、呑むことは否定しませんがね。呑まなきゃやってられないこともあるでしょう」

「わかっているじゃないか」

水割りだから実質ノンアルコール、と呟《つぶや》いて、エリザ女史は二杯目を一息で呑み干した。ヒトの最先端、若手の中でも特に優れたひとりと言われる彼女が言うんだから、きっと論理的に正しいのだろう。

俺はゆっくりと自分の一杯を楽しみながら、「部下に当たり散らすよりはいいですがね」と呟く。

はたして、その言葉は耳ざとく捉えていたようで、「同僚の講師に当たるならいい、ということかね」と返された。

「今度は何を揉《も》めているんですか」

「教授会で、森の奥の霊草利権について議論が起きている」

それ、ひょっとして俺が関わった一件か？　あれは結局、姫さまが「森の奥からやってきた軍勢は壊滅、しかし更に奥に巨獣の影あり、森の調査は慎重に進めるべき」と声明を出したはずだけど。

「きみが犬亜人と話ができた、という報告があがっている。犬亜人と交渉して霊草を安全に、定期的に仕入れられないか、と言い出した教授がいてね」

「待ってください、俺は他人に亜人の言葉を教えるとか、そんな面倒なこと……」

そういえば王家は、犬亜人の言葉に詳しい人と繋《つな》がりがあるんだっけ？

あ、でもその人は高齢で耳が……。

「犬亜人の言葉に詳しい耳長族の者を招聘《しょうへい》するそうだ」

まさかファーストじゃないよな？

おそらく他の耳長族だろう。

故郷を出ていく耳長族は、数が少ないとはいえ、いないことはない。だからこそ、耳長族という種族がヒトに認知されている。

普段は面倒だからと身体的特徴である長い耳を隠す者も多いけどね。

ファーストは気まぐれに耳を隠す帽子をかぶったり、認識阻害の魔法を使ったり、幻影の魔法を使ったりと対策を講じている。

それでも酔っ払うときは魔法を取っ払っていたりするから、割と王都の耳長族の話って実はファーストだったりするんだよなあ。

いまのところ、たいした問題は起こしていないっぽいから、まあいいっちゃいいんだけど。

「俺に仕事がまわってこないなら、それでいいですよ」

「最近のきみは王族のお気に入りだからね。迂闊《うかつ》に触りたくない、という空気があるんだよ」

「別に気に入られているわけじゃないんですが……」

便利に使われているだけである。姫さまも、遠慮しなくなってきた。

頼むから、研究者としての本分に立ち返らせて欲しい。面倒ごとは、これ以上持ってこないで欲しい。

「安心したまえ。きみにこれ以上、手柄を立てて欲しくない者は多いようだ」

「素晴らしいですね」

「きみの予算を減らしたいという者も多いようだ」

「最悪ですね。いまのところ契約金でかなり稼げているからいいですけど」

ちなみに研究室の維持にも予算がかかっている。予算を減らされて、研究室が小さくなるのだけは勘弁して欲しい。

別に、どこかの誰かがふらっと入ってきて寝床にしているから、というわけじゃないぞ。純粋に、秘密を保ったまま実験するスペースが必要という話である。

「あと、きみに派閥に入って欲しい、という者もいるな。いくつか接触が来ているだろう？」

「当然、全部お断りしてますよ」

「そんなことだから、嫌がらせで予算を削られるんだよ」

「俺はただ研究をしたいだけなんですけどねえ」

「ヒトが集まれば派閥が生まれるのは自然なことだ。何者とて、そこから逃れることはできんよ。大賢者さまとて、ヒトに知識を広める過程で無数の派閥にそれを阻まれ、苦労したと伝えられている」

それは事実だ。なにせ師は、いつも誰がどうして邪魔をしてきた、ああして成果を無にした、と愚痴っていたから。

結局のところ、ヒトの揉《も》め事《ごと》から逃れたい、というのはただの現実逃避、わがままにすぎないというのは頭では理解していた。

「なんかこう、ゆるくて何していてもいい派閥とかないんですかね。会合とか拘束とか全部ナシで」

「それは派閥の意味があるのかね」

はい、言ってみただけです。

ちなみに彼女は大手派閥の下っ端として、雑用で研究の時間が削られることを日々愚痴っている。

そりゃあ、酒を呑む速度も上がろうというものだ。あ、三杯目にさっそく口をつけて……。

一気にぐいといったな、大丈夫か？

「ペース速くないですか」

「きみが派閥のことなんて言い出すから、派閥の会合で言われた嫌味を思い出しただけだ。なにが『きみは若く見えていいね』だ！　学生に子ども扱いされて傷つかないとでも思っているのか！」

「あ、はい、スンマセン……以後気をつけます……」

これ狩人《かりゆうど》の格言で、藪《やぶ》をつついたら蛇猫が出てきたってヤツだ。エリザ女史は、四杯目の水割りも一気に半分ほど減らした。

女史の頭が前後にふらふら揺れている。疲れもあるのか、だいぶまわっているなあ。

「だいじょうぶ、だいじょうぶ、全然まだ酔ってないよ」

「酔っ払いはみんなそう言うんです」

バーテンダーに合図をして、水のグラスを出してもらい、五杯目と偽って呑ませる。

女史は一気に中身を空けて、酒臭い息を吐いた。

「これは水だね」

あ、気づいちゃった。というか一気に酔いが醒《さ》めてる。

「おかげで目が覚めた。醜態を晒《さら》さずに済んだことに感謝するよ」

「酔うのも早ければ醒めるのも早いのか……」

「それはそれとして、考えておきたまえ。派閥に入るかどうかはともかく、どこかの派閥と交渉するなら、考える余地はあるだろう？」

「具体的には？」

「きみに向いたところだと、魔道具の研究と生産を共同でやる、といったあたりだろうね」

魔道具の研究と生産を共同で、か……うーん、それに何のメリットがあるんだ？

「派閥と言ったってヒトの集まりで、利益にはなびくものだ」

「ああ、そういう意味ですか。利権を分けろ、と」

「それだけじゃないよ。きみ、学院に提出する書類が多いことを面倒がっているのだろう？」

ちっ、バレたか。そりゃ、この地に居場所を確保するのに書類が不可欠なのはわかっちゃいるんだが……。

「書類に詳しい助手がいると、なにかと便利だよ。そういうのも、派閥から紹介して貰《もら》える。金のない学生は、いるところにはいるからね」

「あ、そういうツテは本当に助かるかも……」

学院にいるとはいえ、学生との接点がほとんどないからなあ。講義を持てばいいんだろうしそういう誘いも来てはいたんだけど、単純に時間を取られるのが嫌なのだ。

しっかし、助手を雇うとなると、ファーストの残していった寝具は片づけないといけない。

部屋の掃除、しないとなあ……。

◇　※　◇

季節は移ろい、夏の暑さもだいぶ忘れてしまった頃、俺は姫さまと共に森の奥へ赴いていた。

犬亜人との交渉のためである。随行者として王宮から五人ほど、さらに狩人が三人、合計で十人の遠征隊だ。

俺の役割は犬亜人との通訳である。

いまさら俺なのか、とは思わないでもない。

学院では犬亜人の言葉に通じた耳長族を雇うというし、王家なら以前のツテでもっと信頼できる者を雇えるんじゃないの、と姫さまに訊《たず》ねたところ。

「あなた以上に犬亜人たちの信頼を得ている者がいますか。銀竜の遣い、なのですよ?」

と平然とした顔で返されてしまった。

だから余計に行きたくないんだけどなあ。俺がいると、交渉として有利すぎる。

「それに、あなたは母が信頼した相手ですよ。武器は預けませんが」

姫さまの側付《そばつ》きと前回も同行した狩人たちが、さっと護身用の武器を隠す。

ねえ、それ毎回やるの？

「武器の件は忘れてください。もう充分、反省しましたから」

ヒトの武器を勝手に改造するのは悪いこと。俺、覚えた。

姫さまが胸もとで抱いていた黒猫が、呆《あき》れたような鳴き声をあげる。

そんなわけで、俺たちは森の奥を目指した。

姫さまが列の中央で俺の隣に来たため、風の結界で音の拡散を防ぐ。

「そろそろ、教えていただけませんか。他言はいたしません。森巨人や森大鬼の集落を滅ぼしたのは、あなたですね？」

姫さまが、唇を動かさず、そっと囁《ささや》いてくる。俺は苦笑いして首を横に振った。

「そんなすごいちからがあったら、あなたの母君と共にいた頃、もっと楽に戦えていたでしょうね」

「あの頃のあなたは若かった」

「いまだって若いつもりなんですけどねえ」

事実を陳列する罪は重いぞ。中年男性の心は傷つきやすいんだからな。

「母が知っていた当時のあなたは、いまのわたしとさして変わらない年齢であったはずです。ヒトが大きく変化するには充分な時間でしょう。そのことをはぐらかして、どうなさるのですか」

別にはぐらかしているつもりは……結構あるけども……。

「別に、知ったからといってどうこうするつもりはございません。あなたが秘匿しておくべきと判断したのでしたら、それでよろしい。我が国は、あなたの判断を尊重いたしましょう」

いま、わたくし、じゃなくて、我が国、って言ったな。

つまり……どういうことだ?

はっはっは、俺に政治を期待しないでくれたまえ。

「あなたがどのような者で、どのように考えて動いているとしても、それは別に構わないのです。我が国にとって大切なことは、あなたがこの国を、学院を守るために動いてくれたということ。あなたがこの国を大切に思ってくださっていること。それ以上に重要なことなど存在しない、とわたくしは考えるのです」

ですが、と姫さまは続ける。

「森の奥に、本当に未知のおそるべき脅威が存在するのかどうか。その点だけは知っておきたいのですよ。無論、あなたが望まぬのなら、未踏破の深層に踏み込み亡霊の正体を明らかにするつもりはありません。いまの我が国は、この先にいる犬亜人との友好を繋ぐだけでも精一杯なのですから。その先のことは、後の世代が考えればいいことです」

この国が生まれたのがおよそ百年前だ。

当時は森の中の小集落にすぎなかったが、彼らは森の中の勢力と交渉し、森の一部を切り開き、いまこうして立派な小国をつくりあげた。

もっと振り返れば、三百年前のヒトは、森の中で震える弱小な民の集まりにすぎなかったという。

一歩一歩、少しずつ少しずつ、自らの領域を拡張してきた結果、いまのヒトの繁栄がある。

無論それは大賢者の導きによるものではあるのだが……ヒトがそれを求め、大賢者がその意志に応えた、というのもまた事実。

その心意気がある限り、大賢者がいなくとも、この先、ヒトは大陸のあちこちに広がっていくだろう。

セブンの人形が言うような、競い合う誰かがいなくとも。

余計なお世話なのだ。大賢者が消えたように、大賢者の弟子たちもまた、この大陸には必要ない。

姫さまの使い魔の黒猫が俺のもとまで駆け寄ってきたので、拾い上げて頭の上に乗せる。俺の嘘《うそ》を見抜くなら、見抜くがいい。

「もし森巨人や森大鬼の集落があって、それを滅ぼせるような化け物が森の奥にいたとして、それは別に気にするほどのことではないのでは、と考えています」

「何故《なぜ》でしょう」

「もしそんな化け物が森の外に出てきたとしたら、この国の戦力では止められないでしょう?」

「そのようなものが、この大陸に存在すると?」

「いますよ」

きっぱりと、そう言い切った。

だって、見たことあるから。

この子の母親も、そのとき一緒だったわけで……あー、でもさすがにあのことは話さなかったのか。

まあ、深い山の奥でアレを発見した後、大慌てで逃げ帰っただけだもんなあ。見逃された、ともいう。

アレからすれば、俺たちなんて、踏み潰す価値もない蟻《あり》にすぎなかったのだ。とうてい自慢できるような話ではない。

はたして姫さまは、少しの間沈黙した後、ふふふ、と笑い出す。

「いまの、笑うところありましたかね」

「失礼、あまりにも、あなたらしくない言葉でしたので」

そうかな？　そもそも俺らしい、ってなんだろうな……。

魔術講師で研究者。だが現在、講義の相手はクルンカひとりだけ。実験で数日徹夜して気絶するような奴《やつ》は研究者失格、ってこの前医務室の人に言われたから、俺は実は講師としても研究者としても失格かもしれないな……。

そうだ、いっそ気絶するなら、気絶した状態でも身体が動くようにすればもっと実験を続けられるんじゃないか？　残留魔力を使って脳の残留思考を取り込んで……。

黒猫が呆れた様子で鳴いて、俺の頭から地面に飛び降りた。

「何かまた、ろくでもないことを考えていますね」

犬亜人と姫さまとの会談は、滞りなく進んだ。犬亜人側は新しい長《おさ》を立て、この若い長は王国との新しい関係を望んだのである。

彼らの側には、強い懸念があった。森の奥から、また強大なちからを持った種族が現れた場合、なすすべもないという事実を突きつけられたのである。

王国にもまた、強い懸念があった。王家は、森の奥の状況についてあまりにも無知であったことを強く悔いていた。

両者の思惑がはからずも一致したことで、話し合いはスムーズにいったのである。

無論、姫さまも入念な事前準備をしてこの場に臨んでいたし、俺の姿を見た犬亜人の側が驚くほどの待遇を提示して、王国側の誠意を見せたことも大きい。

王国側が犬亜人に要請したのは、主に三点。

定期的な交流、いくつかの霊草の納品、そして森の奥の監視である。

なお、これらの連絡は、これまで霊草の採集を担っていた狩人たちが当面は担当することになった。

彼らの仕事を王国が奪ったことへの補填の意味が強い。

もっとも狩人の側からは、実入りこそあれど危険が大きく拘束期間も長い霊草採集の仕事から解放されて喜ばしい、という声も多いのだが。

ちなみに犬亜人との今後の交渉であるが、特定の単語を発することができる魔道具を互いに持つことである程度は意思疎通を可能とする予定である。

魔道具を開発するのは俺らしい。

勝手に仕事が増えていたよ、なんで？

「この件については、紛れもなくあなたが第一人者ですからね。最後まで、どうかよしなに」

と姫さまに言われてしまっては、断ることも難しい。

幸いにして、今回、ついでに採集作業を行うことで、次の霊草の採集には時間を置くことになるとのこと。

それまでに準備を進めておく、ということでこの話は終わった。

「これで、あなたの学院内での派閥問題も解決しますすね」

うん？　なんで？

「お手数をおかけしますが、察しの悪い俺にもわかるようにご説明いただけませんか」

「特定の派閥に魔道具の開発を委託すればよろしいのです」

ああ、そうか、俺のものになるはずの利益を供与すればいい、ってことね。

俺は別に、いまさら似たような魔道具をいくつも開発したくないわけだから、そういう仕事をさくっと特定の派閥に投げる。

派閥の側は、王家から請け負った魔道具開発の利益を受け取れる。そのかわり、俺に面倒ごとが来ないように、派閥の方でブロックして貰う。お互いに利がある取り引きだ。

というか派閥の話、姫さまにしたっけ？　してないよね？

まあこの人なら、学院の内部事情くらい知っていてもおかしくはないけど……。

「恩師から相談を受けまして」

「そういえば姫さま、学院で誰が担当教授だったんですか」

「我が師エリザのことは、よくご存じでしょう？」

あ、エリザ女史なんだ。へー、ほー、そういう繋がりだったかー。

「こんな形で解決してくれるとは思ってませんでしたよ」

「あなたが研究に向き合えないような環境は、学院の本来の意義を喪失しております。王家としても、学院内部における派閥争いの激化は懸念事項のひとつです」

「そりゃまあ、お金を出してるのは王家なわけだし、その金がどうでもいい争いで消費されちゃたまらんですよね」

とはいえ、ヒトが三人集まれば派閥ができるものだ。それをなるべくいい方向に、無駄がないように消費するのもウデのうち、とは我が師の言葉である。

あのひと、そういうのがめちゃくちゃ嫌いだったんだけどね。弟子の前では、よく大国同士の思惑がどうのこうのでブチ切れていたのを思い出す。

「我が国としても、せっかく集めた頭脳を他国に流出させるわけにはいかないのですよ」

「ここほど優遇してくれるところ、ありますかね」

「研究者全体ではなく、特定の分野で役に立つ研究ということであれば、金に糸目をつけない大国がいくつもありますよ」

ああ、そうか、軍事関係とかね。

俺はそういうの、得意じゃないから……そのはずだから……。

何故か、俺の発明が思いも寄らない使い方をされて軍事技術扱いされるだけで。俺は悪くない。

と、姫さまの方を見れば、ジト目でこちらを睨んでいた。

「何かおっしゃりたいことがありましたら、どうぞ」

「コミュニケーションの大切さについて考えていたところです」

そうだよね、大切だよね、コミュニケーション。

俺も大事だと思っているよ。

「最近、興味を示している研究分野について、軽くお話をお聞きしたいのですが……」

「また勝手に軍事研究扱いされたりするんですかね」

「それを判断するために、コミュニケーションを重ねたいのです」

ぐい、と顔を近づけてくる。

えー、でもなあ。

「面倒だなあ、と」

「そういうところですよ」

◇　※　◇

長兄は次男に「あのひとのこと、どう思う?」と訊ねた。

あのひと、とは、つまり彼らの母の友人であったという、奇妙な雰囲気を持つ研究者のことだ。

今年、王国はいくつかの災禍に見舞われた。それらは、幸いにして炎が燃え広がる前に鎮火されたものの、その鎮火の中心にいたのが、いずれもくだんの研究者であったのだ。

公式には、その研究者の関与はなかった、あるいは最低限であったことになっている。

王家に連なる人々の間には、当然のことながら、ことの真実が伝わっていた。

というか当事者のひとりである王女から直接、聞いていた。

「妹が言うには、書類上での印象ほどうさんくさくはない、とのことだが」

「姉さんらしい言いまわしですね。まあ、内々でまわっている文書だけですと、ただの密偵で、すべての元凶としか思えませんから。父上が文書の閲覧を制限したのも理解できます」

「そんな腹芸ができる人物ではない、と感じた」

「同感です。素直すぎて、密偵には向きませんよね」

ふたりの間で、いや王女も含めた三人の間で、それは一致した見解であった。

普段から裏の者とも意見を交わすことが多い彼らは、そういった者たちがまとう独特の雰囲気について敏感であったのだ。

くだんの人物からは、そういった雰囲気がまったくみられなかった。

端的にいって、そう。

天然は、密偵に向かない。

故に彼の背後に他国の関与があるかもしれない、といった心配をする必要はなかろう。

「いちおう、未知の誰かによって、いいように操られているという可能性はありますけどね」

「あの者、いいように操られるような器ではなかろう」

「もし誰かが操ろうとしても、勝手に思惑の斜め上に飛んでいくような気がします」

「身内の目から見ても天才のあの妹が、匙《さじ》を投げるくらいだからな」

兄が笑い、次男は控えめながら同意する。兄にとっての妹、次男にとっての姉である、王国が誇る才媛のことだ。

たいていの人物であれば、一度会えばおおむね相手の器を理解し、上手《うま》く活用してのけるだけの器量を持っている。

当人も相応の自負を抱き、学院のくせ者たちと王家の間で渡りをつけることに長けていた。

その彼女が、くだんの者に関してだけは「予想外の動きが多すぎて、コントロールできませんでした」と嘆くのだ。

しかも、今年に入ってからもう何度も。

もっとも、その予想外の動きのおかげで国が救われているのだから、なんとも言いがたい。

夏に起こった森の奥での一件でも、おそらくはくだんの人物が関わったが故に、奇妙な結末を迎えたのではないか、と彼女は疑っていたのだが……。

まず、その証拠がない。

加えて、当人はその結果、さしたる利を得ていない。

普通の人物であれば、もっと自分が得になるよう動くであろう。こちら側がいろいろと気を遣った結果、「そんなやり方もあったのか……」と心底驚かれたほどに、当人の欲が見えない。

そもそも欲得で動いていないのだろう。世間一般の尺度にあてはめても、意味がないのだ。

「昔話に出てくる妖精のようなものですかね」

親が子どもに語り聞かせるたわいもない空想の物語。それに時折出てくる妖精という生き物は、ふわふわしていて、楽しそうに笑って、ひどく気まぐれで、しかしよき者を救い、悪《あ》しき者に仕置きをする存在である。

弟の言葉に、兄は笑うこともなく「そうかもしれない」と考え込んでしまった。

「母上の冒険者時代の仲間という話を聞いていなければ、実際に妖精だと判断したかもしれないな」

「変わった人物ということだけは知っていましたからね」

「母上の話を聞いて、だいぶ盛っているなと思っていたのだ。まさか、あれでだいぶ割り引いていたとは……」

そもそも、彼らの母親のチームが解散した原因のひとつが、彼のありようが風変わりすぎたことにある、というのだから。

「別に悪い人物ではないのよ。ただ単に、わたしたちが彼についていけなかっただけなの」

と語り出すのであるから意味がわからない。

兄弟も、実際に本人に出会うまでは理解できなかった。

「集団行動。これほど、かの人物に似合わない言葉もありません。チームが解散したのも、道理」

だがそれは、こと個人で動く場合において、まったくディスアドバンテージにはならない。

むしろ、無限に自分自身を磨くことができる、圧倒的なアドバンテージになりうるのだ。

そうして、彼は冒険者から足を洗い、本人の言葉を信じるなら各地をまわってさまざまな師から教えを受けた結果、いまこうして兄弟の国にいて、学院でも特に異彩を放つ魔術講師となった。

数奇な運命の巡り合わせにより、王国は九死に一生を得ることとなった。

それも、一年に二度も。

「あの方こそ、大賢者さまの弟子、そのひとなのかもしれませんね」

「だとしても、何の問題がある？　彼はそのことを、けっして認めないだろう。ならば大国も我が国に干渉してくることはない」

「ですね。少しだけ、ことの真実を知りたくはありますが……」

「我々為政者にとって、真実などさしたる問題にはならない。広報された事実があるだけだよ」

それでいいのだ、と兄は言う。未《いま》だ経験不足の弟は、不承不承、という様子でうなずく。

「ですが貴族の中には、あのひとを学院から追い出せと言う者もいます。あのひとが災いを運んできたんだって」

「大賢者さまいわく、愚者ほど偶然の中に必然を見つけ、次もまた同じ偶然が来ると叫ぶ。我が国でそのような非論理的な言葉を唱えたところで、賛同する者は少なかろう」

「それがそうでもなくて……。穀物の輸入に関わっていた家の中には、あのひとのせいで損をした、と叫ぶ者も多く」

「ああ、あのひとの研究のおかげで穀物の自給率が大幅に上がった件か。もはや流れは変えられぬというのに、まだ未練がましくしがみつくとは」

頭角を現す者がいれば、それを叩《たた》く者もいる。世の摂理ではあるが、それを座視していては、よき為政者たり得ない。

兄弟は大賢者の書物より、そう教わった。

「ところで、かの御仁とうちの妹、くっつけられないかな？」

「どうでしょうね。姉さんはともかく、あの方はそうとうな……」

「いい首輪だと思ったんだが」

兄は深いため息をつき、弟もうなずく。

「姉さん、一度は仕掛ける、と言っていましたよ」

「ほう！」

「ずいぶん嬉《うれ》しそうですね、兄さん」

「満足に嫁入り先も探してやれない、不甲斐《ふがい》ない兄だ。父上も頭を抱えていたからな。本人たちがその気になってくれるなら、万難を排して援護するさ」

「どうですかね。男性の気を惹《ひ》く匂いについて、側付きの者たちにあれこれ聞いてましたけど……策士が策に溺れなければいいんですけど」

◇　※　◇

ぼくがその錬金術工房にたどり着いたとき、工房の主《あるじ》はすでに亡くなっていた。

その跡継ぎであるという若い男は、ぼくを見て驚きの表情を浮かべた。

「こんな場所に何のご用ですか、耳長族のお嬢さま」

「違うだろう。きみが驚いたのはぼくが耳長族だからではない。きみがぼくのことを知っているからだ。何と名乗っている？」

「グリカルとお呼びください、ファースト。工房の主から頂いた名です。気に入っております」

「そうか。ではそう呼ぼう、グリカル。答え合わせをしたい。きみはセブンの人形だね」

「はい」

「何が目的でこの工房を乗っ取った？」

「乗っ取ってはおりません。工房の主は死期を悟り、わたしを弟子としました。わたしは工房の主の遺志を受け継いだまでです」

　グリカルは淡々とそう告げた。ヒトらしい表情というものを、あえて消しているように思えた。

「セブンはきみに何を命じた？」

「何も」

「本当に？」

「正確には、好きに生きるように、とお命じになりました」

　ぼくはため息をついた。この返答を聞いたのは、これで三度目だ。

「それで、きみはここで何をしているんだ」

「以前の主の顧客を引き継ぎ、注文を取っております。汎用的な魔道具の生産が主な仕事です。幸いにして好評を頂いております」

「それはよかった。将来は安泰だね」

「ですが、これはまだ始まりにすぎません。更に腕を磨き、画期的な魔道具を発明してみせます」

「きみは、どんな魔道具をつくりたいんだい？」

「現在、わたしが作製しているのは、視力《めがね》を拡張する魔道具や聴覚《ほちょうき》を拡張する魔道具です。将来的に、手足を拡張する魔道具を開発することで、わたし自身を複製できないか、と考えております」

セブンめ、この人形にはずいぶん変わった個性をつけたな？　最終的には自分自身を再生産し、ヒトではなく人形が地に満ちるということか。

あいつの中では、これもまた師の事業の延長線上にあるのだろう。

「きみは、まあ、穏当な性格だね」

「他の人形については、詳しくありません。どのような方にお会いになったのですか」

「いろいろ、だよ。個人的には、きみがこの先何を見て、何を得て、何をつくり出すのか興味がある。精進したまえ」

「ありがとうございます」

念のため、周囲の人々にグリカルの評判を訊ねてみた。

頑固な職人によく師事し、信頼を勝ち取った好青年というのが、この町におけるおおむねの評価であった。

こんなものでいいだろう。ぼくは町を出た。

彼のような、市井に紛れたセブンの人形に出会ったのはこれで五回目だ。

そのうちの二体は猟奇殺人鬼とさして変わらない倫理観で身分を得たり人々を養分として肥え太っていたりしたため、始末した。

彼を含めた三体は、自然に人々の中に溶け込み、そのコミュニティを壊すことなく、己の目指すべきものを見定めた上で活動の継続を望んでいた。

いずれは、これらの個体も正体を見破られ、周囲の人々に怖がられて逃げ出すか、あるいは破壊されるのかもしれない。

だがそれはいまではないし、そのときに必ずしも致命的な災禍が降りかかるとは限らない。

ぼくは、そこまでヒトの面倒をみるつもりはない。

とはいえ、と考える。

いったい何体の人形が、人知れず、この大陸のヒトの中に潜り込んでいるのだろうか。

そして、あの個体のように自己の複製を試みる人形があるというのなら、それらの個体によって人形が人知れず増えていくというのなら。

いずれは人形の、人形による文明が大陸におけるヒトの文明を凌駕《りょうが》する日が……。

それもまた、セブンのもくろみのひとつなのだろうか。

「きみは何を考えているんだい、セブン」

結局、ここでもセブン本人の手がかりは得られなかった。

ラストの研究室に帰る前に、心当たりをあとひとつ、ふたつ当たるとしよう。

何の手土産もなければ、先輩として情けないからね。

学院にはさまざまなランクの酒場がある。

◇　※　◇

そのなかでも、もっとも高級な酒場は全席が個室で、音を遮断する魔道具が常時起動している。

部屋に入るルートも出るルートも複数存在し、密会の参加者たちがバラバラに人知れず集まり、それぞれが違うルートで解散していくという。

俺も、この酒場に入るのは初めてだった。というかこれ、完全に大国の都とかにある貴族用の高級料理屋のシステムなんだよな……。

大賢者さまの肝いりでつくられた店、らしいけど。

あの人が、自分が交渉などに利用する前提でつくらせたなら、それも納得がいくというものだ。

その酒場の一室で、俺は姫さまと向かい合っていた。姫さまは制服姿で、メリアちゃんスタイルであるから、供の者もいない。

店員は直接現れず、料理の載ったテーブルごと魔法で運ばれてくる。

提供される料理はさすがとしか言いようがなく、八脚《はっきゃく》大狼《たいろう》の腿肉《ももにく》と霊草の蒸し焼きや星見魚のマリネといった高級料理にふたりで舌鼓を打った。

料理を食べ終え、食後の葡萄酒《ぶどうしゅ》を呑みながら、今日の本題に入る。

「あなたの本音をお聞かせ願えますか。具体的には、この国に長く留《とど》まっていただけるのか、それともこの国、この学院は、所詮あなたにとって、一時の腰かけにすぎないのか、その点について、本当のところを」

やれやれ、今日はずいぶんとはっきり聞いてくる。イーメリア姫は、今日は使い魔もおらず、ぱっと見る限り魔道具もいっさい持参していなかった。これは彼女の誠意の表れだろう。

「わたしは、ただ自由に研究ができればいいのです。いまはこの地が、もっとも自由に研究できる環境を提示してくれています。ですから、いまのところ学院を離れるつもりはありません。それはそれとして、ちょっとフィールドワークに赴くことはあると思いますが……」

「その言葉、たしかに父に伝えます」

やっぱり、王の命令でこの場を用意したのね。

まあ、そうだよな。俺の意思を聞くだけなら、いつものように俺が呑んでいる酒場に現れればいいんだから。

それが、王の命令というだけで、こういう場をつくらざるを得なくなる。面倒なことだ。というか姫さまが、さっきから目で「ゴメンネ、ゴメンネ」と言っているような気がしてならない。

たぶん、この場は盗聴されていない。陰に潜む者もいない。正真正銘、姫さまとふたりきりのはずだ。

それと同時に、姫さまが王に俺の言葉を語る際、その真贋《しんがん》を見抜く方法も王家には存在するのだろう。だからこそ、姫さまとしてはきっちりとした言質が必要なのだ。

俺としては、学院の環境はとても居心地がいいのだけれどね。

先方がどこまで俺のことを理解してくれているかとなると、こればっかりは少々、自信がないのである。だからこそ、こういう意見交換の場は必要だと認識している。

「王家には、あなたの働きに報いるべく、もっと褒賞を与えるべきである、と主張する者もいます。これまでは、おそらくあなたはそれを望まないであろう、と考え、わたくしが止めておりました。ですが、そろそろそういった声が無視できなくなってきております」

「それって、ぶっちゃけると俺に紐《ひも》をつけたいヤツがいるって認識でいいんですよね」

「けっして、そのようなことは。どうか我々の誠意を信じていただけないでしょうか」

そう言いながら、姫さまは狩人流のハンドサインで「その解釈で超おっけー！」と示してきた。

「俺としては、いまでも貰いすぎだと思っております。自分に興味のある分野の研究を気ままに進めたい、それ以上の望みはございません、とお伝えください」

「しかし、あなたとてヒトの身です。研究以外にも求めるものはあるのではありませんか」

姫さまが悪戯《いたずら》っぽい笑みを浮かべながら、動物の交尾を示すハンドサインを送ってくる。あのさあ、誰が教えたんだよ、そのサイン。

「申し出はたいへんに嬉しいのですが、俺は研究の邪魔になるものを望みません。その方々には、いまの言葉が嘘偽りないものであることを添えて、そう伝えていただければと……」

姫さまはその言葉を聞いて、「はい、ここまでにしましょう」と口調を変えた。

あ、もういいんだ。

「交渉の内容を一言一句、伝える必要があったのです。どうかご容赦を」

「お疲れさまです、いやホントに」

「わたくしは再三、あなたに紐をつけようとしたら逃げられますよ、と言っているのですけれど、王宮の中しか知らぬ者というのがこの世には存在すると、そうお考えください」

うん、知ってる。師がよくブチ切れてたから。

政治のために政治をするような輩《やから》を、師は二番目に嫌ってたからね……。

なお、いちばん嫌っていたのは、戦争のために戦争をする奴らである。

「だいたい、俺みたいな風来坊と結婚したいヤツなんていないでしょう。相手が可哀想《かわいそう》ですよ」

「己を卑下するようなもののいいは、慎んだ方がよろしい。相手につけ込まれますが故に」

「あー、それはそう、なんですかね。正直、本心なんですが……」

「ではわたくしと婚姻を結びましょう」

俺は一瞬、何を言われているかわからず、思考を停止させてしまった。

姫さまが、ふふ、と笑い、立ち上がる。会談は終わりだ。

「ですから、卑下したもののいいはつけこまれる、と言ったでしょう?」

「なるほど、ご忠告、感謝いたします」

「どういたしまして」

少女は、テーブルをまわって俺のそばまで来ると、耳もとに顔を近づける。

「考えておいてくださいね」

悪戯っぽくそう囁くと、唖然《あぜん》としている俺を置いて、部屋から立ち去る。

少し甘い香草の匂いが、残り香となって部屋に立ち込めた。

彼女の足音が消えた後、俺は苦笑いする。

「あいつの娘がねえ」

間話　クルンカと先生

わたし、クルンカが学院に通うのは、わたしの体質が軍人向きではないからだ。

それともうひとつ、家族から、軍人の子がみんな軍人になるのは好ましくない、と言われたからでもある。これからの時代、学業を修めておいて損はない。もう大賢者さまはおられないのだから、と。

どうしてそうなるのか、当時のわたしにはよくわからなかった。

いまならわかる。先生が、説明してくれたから。

「大賢者さまから一から十まで教えて貰《もら》うことに、ヒトは慣れすぎたんだ。これまでヒトにとって技術の発展とは、学問の発展とは、大賢者さまが教えてくださったことを咀嚼《そしゃく》することだった。あとはせいぜい、自分に合ったようにアレンジするとかね。創意工夫なんてもの、必要がなかった。大賢者さまのご用意された基礎魔法がその一例だ。これらの魔法を覚えれば、たいていのことには対応できる。それ以上を望む者は少ない。まあ、魔術師って呼ばれる奴《やつ》らはその例外で、俺はそのひとりだったわけだが……。更なる魔法を研鑽《けんさん》する術《すべ》を求める者、すなわち魔術師だからな」

魔術講師とは、本来、この魔術師を育成するお仕事であるという。先生は研究の方にばかりかまけていて、講師の方をなおざりにしようとした結果、いろいろ怒られたのだと。

だから、わたしが生徒になった。

とても幸運なことだと、いまでは思っている。

で、大賢者さまにつき従っていれば、ヒトは常に進歩することができた。自分たちで先のことを考える必要なんてなかった。それが五年前までの状況だった。

大賢者さまがお隠れになって、すべてはひっくり返った。

「もう、大賢者さまは何も教えてくださらない。技術は、学問は、前に進まない。何かを成し遂げるには、自分の頭で考えていくしかなくなった」

「別に前に進まなくてもいい、とは考えなかったんでしょうか」

「無論、そう考える者も多かった。皆がそう考えるなら何の問題もなかった。ヒトは現状でも充分に増えて、大陸のあちこちに広がっている。あとはこの領域を維持していけばいい。そう考える者も多かった」

わかります。今日と同じ日が明日も続くって、皆がそう考えるものだから。

軍人の家に生まれたわたしは、両親の言葉を思い出す。

「今日が平和でも、明日、明後日《あさって》、どこからか火の手があがるかもしれない。いつもそう考えて待機しているのが、我々の役目なのだ」

軍人の仕事の大半は待機と訓練、と兄たちに語った後に、必ずこうつけ加えるのだ。

だから、先生の話はよくわかる。

今日が平和だったからって、明日も同じとは限らないのだ。

「今日と明日が同じでいい、と考えてたのはヒトの全員じゃない。前に進もうとした者たちもいた。そして、自分たちの手で革新的な技術を打ち立てた者たちは、そうじゃない者たちに差をつけ始めた」

そう、いまがずっと続くように願った者がいたとして、皆が同じことを願うとは限らない。皆がその場に留《とど》まっているなら、その隙に走り出す者がいてもおかしくはない。

「富む国と、そのままの国ができた。ある商品を安くつくれるようになった国は、その商品を他国に輸出し、大儲《おおもう》けした。他国では、その商品をいくらつくっても売れなくなった。農業でも、漁業でも、そういう事例が増えていった。五年、たったの五年だ。それだけの期間で、技術の発展の度合いに差がつく、ということの意味をヒトは理解し始めている」

「マラソンみたいですね。常に走っていないといけなくて、遅れてついていけなくなった人から脱落していく」

「そうだな。これからは、ずっと走り続けなければいけない。そんな時代になったんだと、ようやく皆が気づきはじめた。この国は、だからとても恵まれている。学院は、まさにそのために生まれたのだから。学院に各国が人員を送り込んでくるようになったのも、彼らがそのことを強く意識しているからだ。これから先、必要なものが何なのか、まずはそれを知ることが肝要だと考えた者たちだよ」

たしかに、学院では他国の方々を多く見ます。

父と母は、その中には間諜《かんちょう》みたいなことをしている人もいるから、よく注意して、危ないと思ったらすぐ逃げるんだよ、と言っていました。

「あー、まあ、間諜はいるよ。たまに、俺の部屋に侵入しようとして失敗した形跡があったりするし。でも、研究機関ならそういうのはよくあることだから」

先生は平然とそんなことを言いますが、それって結構、怖いことだったりするんじゃないかな……。

「正面から言ってくれれば、姫さまや学院の上の方から黙っていろって言われたこと以外は何でも教えるんだけどなあ」

「先生、それ、絶対にこの部屋の外で言わない方がいいと思います」

「わかっているって。迂闊《うかつ》なことを言って、あれもこれもってなったら面倒だからな！」

そういうことじゃないです。

先生のこういう部分はなるべく周囲から隠しておきたい、という姫さまたちの考えは、よくわかります。

「先生が南の国から懸賞金をかけられている理由、わたしいま、よくわかった気がします」

「え、待って、懸賞金って何？　俺、初耳なんだけど？」

わたしは深いため息をつきました。

あとがき

初めまして。星野純三《すみ》と申します。

このたびは本作をお手にとっていただきありがとうございます。

大賢者という偉大な存在が消えた後の世界で生きる、大賢者の弟子の物語、どうかお楽しみください。


本作は２０２４年から投稿サイトに投稿していた小説を書籍化したものです。

書籍化に伴い設定の変更、キャラクターの追加を行い、更に大幅に加筆させていただきました。おまけエピソードも豊富に盛り込ませていただきましたので、ＷＥＢ版をお読みになった方でも新鮮な気持ちで楽しんでいただけると思います。

特にＷＥＢ版では散在していた重要な世界設定である「大賢者とは何か」「ヒトにとって大賢者とは何だったのか」を授業という形でまとめさせていただきました。これに伴い主人公がただの研究者から一応は魔術講師に、生徒としてＷＥＢ版ではこの時点で登場していないクルンカが登場しています。

彼女の存在のおかげで、本作が風通しのいい物語になったのではないかと思います。

願わくば、本書をお読みになった方々にささやかな幸福があらんことを。

大賢者の弟子だったおっさん、最強の実力を隠して魔術講師になる 1
～静かに暮らしていたいのに、世界中が俺を探し求めている件～

発　行　2025年3月25日　初版第一刷発行
著　者　星野純三
イラスト　ジョンディー
発行者　永田勝治
発行所　株式会社オーバーラップ
〒141－0031
東京都品川区西五反田8－1－5
校正・DTP　株式会社鷗来堂
印刷・製本　大日本印刷株式会社

ISBN　978-4-8240-1117-6 C0093

【オーバーラップ　カスタマーサポート】
電　話　03－6219－0850
受付時間　10時～18時（土日祝日をのぞく）

作品のご感想、ファンレターをお待ちしています

あて先：〒141-0031　東京都品川区西五反田8-1-5 五反田光和ビル4階　ライトノベル編集部
「星野純三」先生係／「ジョンディー」先生係

スマホ、PCからWEBアンケートにご協力ください

アンケートにご協力いただいた方には、下記スペシャルコンテンツをプレゼントします。
★本書イラストの「無料壁紙」　★毎月10名様に抽選で「図書カード（1000円分）」

公式HPもしくは左記の二次元コードまたはURLよりアクセスしてください。
▶ **https://over-lap.co.jp/824011176**
※スマートフォンとPCからのアクセスにのみ対応しております。
※サイトへのアクセスや登録時に発生する通信費等はご負担ください。

オーバーラップノベルス公式HP ▶ **https://over-lap.co.jp/lnv/**